はじめに

『さおだけ屋』の続編は税金

数年前、会計入門書『さおだけ屋はなぜ潰れないのか？』（光文社）という本を上梓し、運よく売れたのですが、その本が100万部を超えたあたりから、「次の本はまだか！」と出版社から急かされるようになりました。もちろん私もやる気満々。そのとき、私の頭の中にあった続編は税金をテーマにしたものでした。

なぜ会計の次が税金なのか？

答えは簡単。

両者がとても密接な関係にあるからです。

大企業は決算書の公開を前提とした「企業会計」を中心に動いています。一方、中小企業や個人は税務署への提出を前提とした「税務会計」を中心に動いています。もちろん、大企業でも税務会計の知識は必要ですし、中小企業でも企業会計の知識は大切です。

つまり、会計と税金は切っても切り離せない、不可分な関係なのです。**両者の知識があって初めて、行動へと第一歩を踏み出せるのです。**

ですから、自然な流れとして会計の入門書の次は税金の入門書だと思っていました。

税金本が頓挫した理由

さっそく税金をテーマにした本作りを始めた私ですが、途中であえなく挫折してしまいました。

その一番の原因は、税金では扱わなければならない要素が多すぎ、かつ深すぎたからです。

税金という大海原の中で、私は溺れてしまったのです。

大海原を全部説明しようとすると、それだけで何十冊になってしまいますし、要素を広く薄く取り上げても、表面的な説明だけで税金の真理までは伝わらないでしょう。

私は、できれば要素を狭く深く掘り下げたかったのです。

しかし、これがどうにも難しい。しかも、深く掘り下げようとすると、どうしても内容の難易度が上がってしまいます。

そうこうしているうちに、この企画は行き詰まってしまい、結局方向転換をして数字の本（『食い逃げされてもバイトは雇うな』光文社）を出しました。

それはそれで満足していますが、税金本に関しては残念無念の一言です。

そして月日が経ち。

あるとき、「狭く深くても小説を混ぜれば、難しくならずに済むのではないか」ということに、ハタと気づきました。そもそも、税金をテーマにした小説を書きたい、というのも、随分と前から考えてきたことでした。

ビジネス書として正面から取り上げるのが難しければ、小説とドッキングさせてしまえばいい。

こうして誕生したのが、本書『会計探偵クラブ　大人も知らない税金事件簿』です。

小説の中で出てきたトピックを「講座」という解説パートで掘り下げることにより、図らずも、本来私がやりたかった「狭く深く」を実現することができました。

また、脱税や無税といったテーマは専門家が真正面から書くには少々リスキーな面もあるのですが、フィクションであることを最大限活かし、小説の中で主人公たちに解説させることができました。

税金はシステムだ

古今東西、「システム」というものは熟知した者だけが得をするものです。

商売のシステムしかり、投資のシステムしかり、出世のシステムしかり。

税金のシステムも同様です。

税金のシステムは知っている者だけが得をして、知らない者は損をします。

税金というのは、そもそも「知らないうちに、知らない額を、知らず知らずに取られる」というシステムです。逆に言うと、国は効率よく確実にお金を徴収する見事なシステムを構築していることになります。

税金の徴収額は、国と地方とで年間80兆円。不景気といえども、これだけ巨額な金額を徴収できるのですから、すごい。「税金のシステム」は、社会でもっとも大きな資金調達システムなのです。

さて、あなたは税金のシステムについて詳しいでしょうか？

あなたが年間いくら納税しているのか、ご存知でしょうか？

知らないのであれば、それはシステムをまったく理解していないということです。

システムを理解するには、まずはシステムの中に入って「実感する」ことが一番です。

小説の主人公たちとともに税金のシステムを実感していただけたら、この本は成功です。

本書の目的

本書は、「この1冊で確定申告は大丈夫」とか「起業・独立できる」とか、具体的なゴールがある本ではありません。

強いて言うなら、税金のシステムを理解し、基礎を知るための本です。

この本を読んで税金を身近に感じられるようになれば、税金本に対し壁を感じることなく読めるようになります。役所などに置かれている税金のパンフレットも自然と読めるようになります。

つまり、「税金の壁」を取り払う本なのです。

本書では、まず身近な所得税についてお話しします。所得税は、近代国家の税金を学ぶ上でもっとも基礎となる税金です。

詳しくは講座の中で解説しますが、1人ひとりの事情に合わせて税金を課す姿勢こそが民主主義の反映なのです。

それでは、次のページを開いてください。

税金のシステムを実感し、ぜひ知識を吸収してください。

目次

イラスト：久織ちまき
カバーデザイン：渡邉民人
本文ＤＴＰ：ディグ

本書はTAC㈱発行の「TACNEWS」（2009年5月号〜2010年1月号）に掲載された小説を大幅に加筆・修正したものです。

「なるほど！ 税金講座」の掲載されていない小説完全版は、角川文庫から出版されています（第6話まで収録）。

第0話

「そしてヨット部は誰もいなくなった」

ここは私立芙藍《フラン》学園。

メインの商業科のほか、国際科・芸術科・体育科をそろえたマンモス校である。

その、海を見下ろす校舎の中で、一人の女子が走っていた。

1.

「絶対、理由を聞き出してやるーっ！」

ガラガラバターン！

杏莉《あんり》が力任せに職員室の引き戸を開けると、職員全員、ぎょっとして振り返った。

「なんだきみは？　もうすぐ職員会議が……」

「あああああのっ！」

「な、なんだね」

「ヨット部が潰《つぶ》れた理由って、殺人事件が起きたからって本当ですかーっ！」

杏莉が絶叫すると、教師たちの間に動揺が走った。

「な、なにを言っているんだきみは。そんな根も葉もない」

「そうですよ。だ、だいいち殺人事件が起きたらニュースになっていますよ、ええ」

口々に言うが、あわてた雰囲気がどうも怪しい。

「じゃあ、ヨット部が突然潰れた本当の理由って一体なんなんですか？」

嫌味っぽく言ってやると、職員室がシンとなった。

「あたし、あたしは……この高校にヨット部があるから、だから入学したのに……一体全体どうしてくれるんですか！　せめて理由を教えてくださいよ、理由をーっ！」

ダンと床を踏み鳴らすと、教師が全員そっぽを向いた。

こ、このーっ！

「わかりました！　じゃあ自分で調べます。それで、ぜったいにヨット部を復活させてやるんだからー!!」

そう捨てゼリフを吐いて、職員室を飛び出した。

「ひどい、ひどいーっ」

校庭で号泣していると、肩をポンポンと叩かれた。振り返ると目の覚めるような美女が立っていた。

「ヨット部に入りたかったの？」

杏莉は驚きながらもコクコクとうなずく。

「あのね、ヨット部は去年事件を起こしちゃって廃部になったのよ。残念だったわねー」

「事件ってどんな？」

「知りたい?」

「もちろん！　先輩たちに聞いても、部内恋愛のもつれだとか、生徒会室を爆破しようとしたとか変な噂ばっかり。潰れた理由がわからなくちゃ、復活させようもないってのに！」

「そう……そんなに知りたいの。じゃあ、こっちにいらっしゃい」

「え?」

「先生方が必死に隠していることだから、私が教えるわけにはいかないけど、ヒントをあげるわ。それがあなたにできるせめてものお詫びだと思うし」

「お詫び?」

「あなたからヨット部を奪ったのは、私なの」

「は?」

「ヨット部を潰したのは、私なのよ」


「――こっちよ」

　生産棟と呼ばれる商業関係の部室が集まった校舎に連れてこられた杏莉は、最上階の四階からさらに細い階段を上り、薄暗い部屋へと通された。

「なによここ。物置?」

杏莉が聞くと美女が笑った。

「まあ、そんなところね。正確には簿記部の控え室……もっとも今後は違う予定だけど……はい。真相はここに書いてあるわよ」

美女は棚から一枚の紙を取り出し、杏莉に渡した。

「なにこの表」

杏莉は眉をひそめる。

「確定申告書の第一表よ(注1)……見たことない？」

「カクテイシンコクショ？」

オウム返しにする杏莉に、美女が小さく息を吐いた。

「そっか、やっぱり商業科じゃないのね」

「あたしは体育科。体育科1年の白百合《しらゆり》杏莉」

「……シラユリアンリ⁉」

美女が大仰に驚く。

その様子に杏莉は嫌な予感がした。

この名前に驚くということは、アイツを知っているということだ。

「ね、あそこで寝ている人もシラユリアンリっていうんだけど、知ってる……？」

美女が指差した部屋の奥を見て、杏莉は絶句した。

(注1) 個人の確定申告の場合、税額を含めたすべての金額を集計するのが確定申告書の一枚目、「第一表」である。「第一表」を見れば全体像がわかるようになっている。

2.

あれは、あの男は……。

「ぎゃーっっ!!」

「うわっ」

杏莉の悲鳴に飛び起きたのは……紛れもなく、入学式以来会わないようにしていた彼だった。

「なんでコイツがここに!?」

杏莉の質問に、美女はパチパチと瞬きをした。

「なんでって、うちの部員だから。それより、あなたたちどうして同姓同名なの？もしかして……夫婦!?」

「夫婦は同姓同名じゃないでしょー！」

「じゃあ、双子？」

「双子に同じ名前をつける親って、どんな!?」

「じゃあ、どうして同じ名前なの？」

「一緒じゃないし！　コイツの名前は、白百合安利《やすとし》！」

杏莉がビシッと指差すと、彼は思いっきり不愉快そうな顔をした。

「おい、アンリと呼べ。こっちは中学のときからアンリで通ってるんだ。入学式の日にも言ったのに、そのスポンジのような大脳辺縁系じゃ覚えられないのか？」

「ばっ、ばっかじゃないの。アンタの名前は、ヤストシヤストシヤストシ！」

「その名で呼ぶなーっ。華麗なこの俺様に、ふさわしくないんだよ！」

「ねえねえ、苗字が一緒なのは、偶然なの？」

ふたりのバトルを意に介さない美女の問いかけに、ヤストシが答えた。

「ふっ……それは、悲しいことにこのバカ女戦士と俺様の間には、運命の赤いモノがつながっているからなんだ」

「運命的な赤いモノって、まさかあなたたち……きゃっ」

「変な言い方しないでよっ！　ほら、誤解されてるじゃん。赤いモノって〝血〟だから、血。ただ単に親戚ってこと！　あーもう、だから、アンタには会いたくなかったのにっ。最低！」

ぶってやろうと手を上げたら、思いがけない速さでその手をつかまれ、至近距離で睨まれた。

「……いつまでも、昔のままだと思うなよ」

「……！」

「あー、つまり二人は親戚同士で、昔は杏莉ちゃんのほうが立場が強かった、と」

美女の解説に、杏莉はカッとした。

「……あたし、帰る！」

「あっ、ちょっと待って。いまから私が帰るから」

「はあ？」

「実は職員会議がもう始まっちゃってるのよねぇ。じゃあそういうことで。アンリくん、あとはお願いいね」

バイバイと手を振って行ってしまう美女に、杏莉はあ然とした。

職員会議だって？

「……ちょ、ちょっと待ってよ。ねえ、ヨット部の真相は⁉」

「答え、あげたじゃない。それがすべてよ」

「……この紙っきれのこと？　こんなんでわかるかーっ！　ていうか、あなた先生だったの⁉」

杏莉が叫ぶと、美女はピタッと足を止めて振り向いた。

「そうよ。簿記部顧問の藤原《ふじわら》萌実《もえみ》。よろしくねっ！」

3.

その年の桜は早咲きで、花びらがひらひらひらと二人に降り注いでいた。

『杏莉ちゃん、いままで僕を助けてくれて、ありがとう』

『うん。あたしとしては、アンタが中学に入ってからが心配だけど』

『大丈夫。僕……僕……強くなるから。絶対！　約束するよ』

『そりゃよかった。じゃあヤストシ、これからはあたしがいなくても、強くたくましく生きていくのよ』

『うん！　あの……あの……それでね、杏莉ちゃん。それでなんだけど……』

『なによ』

『だから、そのう……強くなるから、これからも……僕と、つきあってくれるよね？』

『……はあ？　アンタ、なに言ってんの？』

小学校の卒業式の日、ヤストシは急に改まった様子で話しかけてきた。県外の私立中学に行くとかで、卒業後は離れ離れになるのだが、親戚のよしみでヤストシを守ってきた杏莉は少しばかりせいせいしていた。

『ふざけたこと言ってないで、一人で生きていきなさい！』

そう言って背中をばしんと叩いたら、ヤストシは泣きそうな顔をしていた。

それきり丸三年、会わなかった。

ところがなんの因果か同じ高校になってしまい、入学式の日に再会したら、血縁関係をなかったことにしたいほど生意気かつ変なヤツになっていたのだ――。

関わらないと決めたヤツと二人っきりになってしまい、杏莉はうろたえた。

「ええと……それじゃ、あたしもそういうことでっ！」

「おい、待て」

「な、ななな、なに？」

「その、手に持っているものはなんだ？」

「あ、これ……カクテイなんとかって、いまの先生にもらったの」

そう言うと、ヤストシがピクリと眉を動かした。

「……見せてみろ」

「はあ？」

「それに書いてあることが知りたいんだろ？　俺になら、わかる」

半信半疑ながらも他に手がかりがないので見せてみると、ヤストシはソファに座ってじっとそれに見入った。

「これが、廃部になったというヨット部の確定申告書か」

確定申告書B　第一表

収入金額等	事業	営業等	600,000
		農業	
	不動産		
	利子		
	配当		
	給与		
	雑	公的年金等	
		その他	
	総合譲渡	短期	
		長期	354,454
	一時		
所得金額	事業	営業等	△45,546
		農業	
	不動産		
	利子		
	配当		
	給与		
	雑		
	総合譲渡・一時		177,227
	合計		177,227
所得から差し引かれる金額	雑損控除		
	医療費控除		
	社会保険料控除		
	小規模企業共済等掛金控除		
	生命保険料控除		
	地震保険料控除		
	寄附金控除		
	寡婦、寡夫控除		
	勤労学生、障害者控除		
	配偶者控除		
	配偶者特別控除		
	扶養控除		
	基礎控除		380,000
	合計		380,000

税金の計算	課税される所得金額		0
	上に対する税額		0
	配当控除		
	住宅借入金等特別控除		
	政党等寄附金特別控除		
	住宅耐震改修特別控除		
	電子証明書等特別控除		
	差引所得税額		0
	災害減免額、外国税額控除		
	源泉徴収税額		
	申告納税額		0
	予定納税額		
	第3期分の税額	納める税金	0
		還付される税金	
その他	配偶者の合計所得金額		
	専従者給与額の合計額		
	青色申告特別控除額		
	雑所得・一時所得等の源泉徴収税額の合計額		
	未納付の源泉徴収税額		
	本年分で差し引く繰越損失額		
	平均課税対象金額		
	変動・臨時所得金額		
延納	申告期限までに納付する金額		
	延納届出額		

「あのさ、なんなの？　そのカクテイシンコクショって」

たずねるとヤストシは思いっきりバカにした顔をした。

「憲法第30条、納税の義務（注2）を習わなかったのか？」

「はぁ？」

「国民は税金を払うのが義務だ。だから、1年間の収入や支出を自分で計算して税金の額を確定させて、税務署に申告する。その書類が確定申告書だ」

「ああ、税金」

「そうだ。……で、この芙藍学園では各部が学校側に確定申告書を提出することになっている」

「はああ？」

「おい、この学校のウリのひとつだぞ。各部活が独立採算制になっていて疑似的な税金を学校に支払う仕組みになっている。実社会で役立つ知識の習得を重視しているわけだ」

「へえー、初めて聞いた。さすが元商業高校だね」

「法人で申告する部のほうが多いと聞いたが、ヨット部は個人で申告していたんだな」

「……えーっと、どう違うわけ？」

（注2）　勤労、教育と並ぶ国民の三大義務のひとつ。条文は「国民は、法律の定めるところにより、納税の義務を負う」。同条は国民の義務を示す一方、「国民は法律ナシでは課税されない」という権利も示しているように読める。

「一番の違いは税率だ。法人を選んだ場合、法人税がかかるが、税率は30％だ（注3）。一方、個人を選んだ場合は所得税がかかるんだが、税率は5～40％と変動する（注4・5）」

ますます話が難しくなって戸惑ったが、杏莉は必死に頭を回転させた。

なにせ、これを理解しなければヨット部廃部の謎も解けない。

「えーっとえーっと、じゃあ稼いだお金が100万円だったら、法人なら30万円税金がかかるってこと？」

「そうだ。稼いだお金というか、所得だな」

「そっか、所得か。んで、それに対する税金が、個人の場合は5万円から40万円まで幅がある……と。ふーん。個人を選んだヨット部はどうだったわけ？」

「これは……税率で言うと、0％だ」

「0％？　……じゃあ、もしかして脱税!?」

そうか、脱税のせいで廃部に！

「バカか、お前は。わかったようなことを言うな。0％なのは所得がないから。つまり、赤字みたいなものだ」

「赤字だと、税率は0％でいいの？」

「当たり前だ。税金は所得に対してかかるんだ」

「ということは、ヨット部は赤字？」

（注3）中小企業は優遇措置として年800万円以下なら18％。宗教法人や学校法人といった公益法人は年800万円以下なら18％、それを超えると22％など、法人によって税率は多少異なる。

（注4）所得税の他にも住民税が別にかかるので、所得税＋住民税の最高税率は50％になる。法人税のほうは住民税や事業税を足しても、最高税率は40％強。そのため、高額所得者は所得税を払うよりも、会社を作って法人税を払ったほうが税金は安くすむ。

（注5）所得額が増える

「そのようだな。ただ、予算をたった4万5546円オーバーしたからといって、廃部になるのはあり得ないだろう。ではなぜ……？」

ヤストシは首をひねった。

「なにか変なところでもあるの？」

「いや、ない。全然ない。逆さに振ってもなんの特徴も出てこない、しごくまっとうなつまらない確定申告書だ」

「えーっ、でもあの先生はこれがヒントだって言ったんだよ？」

「………ったく、面倒くさいこと押しつけやがって」

「面倒って、なにが？」

「いや、こっちの話だ。それより、一見まともそうに見えるこの確定申告書は、実は偽装されたものかもしれないな」

「あっ、それをあの先生が見破って、ヨット部を潰した？」

「もしかしたらな。なにしろあの先生はもともと大手監査法人で活躍していた公認会計士だ。粉飾を見破るなんて、お手のものだろう」

「コウニンカイケイシ？　カンサホウジン？（注6）」

「会計士とは会計のプロだ。いいか、あの先生はな、こんなところで教師をしているのが不思議なくらいの伝説の会計士なんだ。だからこそこの俺様が、こんなクラブに

と単純に税率が上がる「累進課税」ではない。低い税率の範囲から超えた部分にだけ高い税率がかかる「超過累進課税」である。詳しくは、講座9（250ページ）参照。

（注6）公認会計士とは、会計のプロフェッショナルであり国家資格。

入っているわけだが……おい、聞いているのか」

「聞いてるよ。聞いてるけど、それより問題はこの確定申告書でしょ。ヤストシの言うとおり、偽装とやらがあったのかもしれないけど、ウソだってバレたんなら、直させるんじゃやない？」

「……お前、なかなか鋭いことを言うな」

「そ、そうお」

「ああ。学校側の承認印が押してある以上、これは最終的な正しいものでなければならない。じゃあ、この数字の裏でどんなトラブルがあったっていうんだ？」

「さあ」

「ちっ、肝心なところで役に立たないな。もっとアイディアは出てこないのか」

「えーっ、むちゃぶり⁉」

「くそっ、強いてこの申告書の特徴を挙げるとすれば、損益通算（注7）されているが17万7227円の長期譲渡所得（注8）が発生していることだな……。これはいったいなにを意味するのか……」

　ヤストシはウロウロと歩き回り始めた。

「なぜ大事なカギが申告書に表れない……？　ええい、この謎を解くためにはやむをえん――」


監査法人とは、企業への会計監査をするための組織。多くの公認会計士が働いている。

（注7）　損益通算とは、別々の分類の所得で発生した損失と利益を足し合わせて計算すること。どの所得同士でも認められるわけではなく、たとえば株取引で発生した所得は他の所得と損益通算はできない。今回のケースは事業所得と譲渡所得との通算である。

4.

「ぎゃー、なんか踏んだっ」

「しーっ、静かにしろよ」

その日の夜、杏莉とヤストシは体育系の部室が集まる運動棟に忍び込んでいた。ヨット部の部室を家捜しするためだ。

「だってだって、暗いし怖いし、うっうっ。なんでこんなところに来なくちゃいけないのよお」

「うるさい、もともとお前の問題だろ⁉」

「うぅ……」

そうこう言っているうちにヨット部の部室の前に来た。

「……開かないな」

ヤストシがガチャガチャとドアノブを回すが、廃部になった部室のドアには当然鍵がかかっていた。

「……どーしよう」

「おい、お前表に回って窓から忍び込め」

「ええっ」

（注8）譲渡所得とは、機械や船舶、貴金属などの資産を売ることで生じる所得。税務上、その資産の保有期間が五年以内なら「短期」、五年超なら「長期」と分けて計算される。マネーゲーム目的の可能性もある「短期」のほうが、税金は高く設定されている。

「体を動かすのはお前の役目だろ？」

「なんでよ、これでも女子なのよーっ！」

結局二人して表に回った。途中でヤストシが野球部の部室からバットを持ち出したのでいやーな予感がしたが、案の定「よっ」という掛け声とともに窓ガラスをクリーンヒットした。

ガシャーンと派手な音がして、杏莉は呆然とする。

「なにボーッとしてるんだ、行くぞ」

ヤストシは割れた窓から手を突っ込んで鍵をあけると、窓を開けてひょいとよじ登った。仕方ないので杏莉も続く。

「ガラスが飛び散ってるから、気をつけろ」

「う、うん」

室内を懐中電灯で照らすと、雑然としていた。ヨットの雑誌やら小物やらがそのまま残されている。二人は手分けして手がかりを探すことにした。

「……ねえねえ」

なんとなく沈黙に耐えられなくなって、手を動かしながら話しかけてみる。

「なんだ」

「こんなときになんなんだけど、どうしてそんなに性格が変わっちゃったわけ？」

「……」

「中学で、なんかあった？」

「……余計なお世話だ。そんなことよりお前こそなんでそんなにヨット部にこだわるんだ？　中学では水泳部だったんだろ？」

「そ、それは……」

杏莉は暗闇の中で赤面した。

実は、初恋の人がここの卒業生でヨット部だったからなのだ。杏莉のいとこにあたる十歳年上のお兄さんで、小さい頃にいつもヨットの話を聞かせてもらった。だからずっと憧れだったのだ。

「……ま、大体わかるけどな……」

ヤストシがぽつりとつぶやいて杏莉はあせった。

「えぇーっと、こっちも調べてみようかな」

ごまかすようにバコンと開けたロッカーの中に、Tシャツが残っていた。手に取ると、胸の位置になにか書かれている。

“I ❤ Foreign exchange !”

なんだこりゃ。

「俺がなにかあったのは、中学とは限らないぞ」

「え？」

急に話を戻されて杏莉は混乱した。

そのとき、突然強烈な光が暗闇を引き裂いた。

「きみたち、なにをしているんだ！」

しまった！

懐中電灯のまぶしさに目を細めながらも警備員らしいと杏莉が悟った瞬間、ヤストシに「走れ！」と腕をとられた。

ものすごい力で杏莉を引っ張りながらドアを出て廊下を走り出したかと思うと、ヤストシはすぐにUターンしてヨット部の部室に戻った。

「え、え、なに⁉」

「バカ、これで警備員は校舎の入り口に向かっただろ！」

「あ、そそ、そっか」

部室に入ってみると、たしかに窓の向こうは無人になっていた。外の様子を注意深くうかがってから、ヤストシが開きっぱなしの窓から外に出る。

「つっ……」

「だ、大丈夫？」

桟に飛び散ったガラスで手を切ったようだった。

「お前は俺の手を持て。早く！」

言われたとおりに外に出て、運動棟の入り口とは反対の方向に全力でダッシュした。

5.

「ぜい……ぜい……」

学校から少し離れると、やっと二人は足を止めた。

ヤストシはもちろん、体育科の杏莉も膝に手を突いてへばってしまった。

「くそっ……無駄足だったか。結局なにも見つけられなかった」

「うん……ごめんね、あたしのために」

「気持ち悪いことを言うな。俺は謎を解きたいだけだ。どうやら先生に試されているみたいだしな」

「え？」

「今日は、職員会議のある日ではない。先生はあのとき、俺にお前を押しつけていったんだよ。おそらく、俺がどれだけ役に立つか、試しているんだろう」

「ええ～」

なんだ。そういうことだったのか。

と、杏莉は自分のホワイトジーンズが血で汚れていることに気づいてギョッとした。

あわてて手の平を見ると、血がついている。ヤストシの手を取ったときについた血
だと気づいて彼の手を見ると、かなり出血していた。

「……ごめん」

もう一度あやまると、今度はヤストシは黙っていた。杏莉はいつの間にか手に持っ
ていた布で、とりあえず血を拭いてあげた。

「……おい、そのマークはなんだ」

「えっ？」

「その布切れ……Tシャツか？　見せてみろ。……"I ❤ Foreign exchange !"って
……なぜこんなものを持っている？」

「あっ、ヨット部の部室から持ってきちゃった」

しまった、血で汚してしまった。

というか、こんなもので傷口を拭いて大丈夫だっただろうか。バイキンとか……。

マズイかもと思ってヤストシを見ると、肩がプルプル震えていた。

「え？　もうバイキンが回っちゃったの⁉」

「フッフッフ……ハッハッハ……ワーッハッハッハッハ！　なるほど……なるほどな！」

これで謎が解けた！　とヤストシは住宅街のど真ん中で大笑いを始めた。

ぎょえー！

パパパパッと周囲の家々に灯りがつくのを見て、杏莉はヤストシを置いて帰りたくなった——。

6.

「ヨット部はＦＸに手を出したな、先生」

翌日、簿記部控え室にて。

美女を目の前に、確定申告書を手にしたヤストシが言った。

「えふえっくす？」

杏莉は首をひねった。

「Foreign exchange、外国為替証拠金取引。いま流行っている投資のひとつだ。……お前が持ち出したＴシャツは、ＦＸに強い証券会社の販促物だったんだよ。その証券会社のマークが入っていた」

「なるほど」

「恐らくヨット部の連中はＦＸにはまり、それで大損を出した。普通、ＦＸでの損失は申告書上には表れないが（注9）、そこは伝説の公認会計士、鼻の鋭い先生がかぎつけたんだろう。そしてヨット部を糾弾し、廃部に追い込んだ」

「ヨット部が投資って……高校生なのに？」

杏莉は驚いた。

「資金の運用に年齢は関係ない。それに、この学園は勉強の一環として部費の運用が自由だからな」

「お、恐るべし芙藍学園……」

「長期譲渡所得が発生していたのは、なにか高いものを売ったな。ヨットか？」

「ええっ、ヨットを売っぱらったの？　それじゃ活動ができないじゃん！」

「どうだ、先生？」

ヤストシが聞くと、美女……藤原萌実は満足そうに笑った。

「そうよ。さすがは我が部のホープね、アンリくん」

萌実は詳しい説明をしてくれた。

ヨット部は部費の運用のためにＦＸに手を出した。あまりにも簡単に儲かるので、

（注9）　株取引やＦＸのような個人の投資活動は、事業所得や給与所得とは別に計算されて税金がかけられる。株取引での損失は翌年以後三年間繰り越せるので「付表」等に記入するが、ＦＸでの損失は確定申告とは無縁であり申告書のどこにも書くところはない。ただ「くりっく365」という取引所を通したＦＸの場合のみ、確定申告で損失の繰越ができる。
基本的にＦＸは、利益が出れば雑所得として申告しなければならないが、損失が出ても放置するしかないのである。

部員全員ヨットそっちのけでＦＸにはまり、ヨットを担保に借金までして巨額の運用を行っていた。そして、急激な円高で大損を出し、投資全額を失っただけでなく、担保のヨットまで手放さねばならなくなってしまった──。

「……というわけで、ヨット部は１０００万円の借金を負っちゃったのよ」

「いっ、いいいい、１０００万円⁉」

杏莉は目を丸くした。

「こんな事件、学校にとっても黒歴史じゃない。だから、一般の生徒には内緒にしてるのよ。まあ、内緒にしたせいで変な噂がいっぱい立っちゃったけどね」

「ちょい待ち。そりゃ、大問題かもしれないけど、悪いのはその部員たちじゃない。大体、部員に自由に投資をさせていたのは学校なんでしょ？　それが勉強の一環だったんでしょ？　だったらなにも廃部にすることないじゃん！」

杏莉が詰め寄ると、萌実はきゅっと眉根を寄せた。

「……ごめんなさいね、まさかあなたみたいな新入生が入ってくるなんて……」

「そうだよ、ひどいじゃん！　あたし……あたしはヨットのためだけにこの学校に来たのに。ヨットのために中学で水泳をやってたのに！」

「おい、やめろ」

半泣きで抗議する杏莉をヤストシが止めた。

「先生は、そうするしかなかったんだ。授業の一環だろうとなんだろうと、投資は自己責任だ。つまり、そのまま放置していれば、部員の自己破産もあったかもしれない」

「自己破産……？」

なんとなく聞いたことがある。借金で首が回らなくなった人のすることだ。

「結局、借金は学校側が負担したんだろう。ただし、責任を取らせるために廃部にした……違うか、先生？」

「そうよ。それに、破綻した部活を存続させなかったのは、〝借金が返せなくなったら倒産〟っていう実社会と同じことを学ばせるべき、という学校側の方針もあったの。それが旧芙藍商業からの伝統。教育的指導ってやつね」

それを聞いて杏莉は涙が引っ込んだ。

ちょっと待てよ。

「あのー、藤原先生、もし……もしもよ、あたしがもう一度ヨット部を作ったらどうなるの……？」

「借金を肩代わりしてくれた学校に対して、1000万円の返済をしなきゃね」

ガーン！

杏莉は後頭部をハンマーで殴られたような気がした。

7.

ヘナヘナと座り込んでしまった杏莉の前に、萌実がしゃがみ込んだ。

「ね、うちの部に入らない？」

「うちの部って……簿記部？」

「簿記部の中に、新しくクラブを立ち上げようと思ってるの。ここがその部室になる予定なんだけど」

「……どんな部？」

「そうねえ、今回あなたとアンリくんがしたようなことをする部、かな」

「部員は？」

「いまのところ、アンリくんだけ」

「う、うーん……」

「うちで会計の知識を身につけたら、1000万円の借金返済の裏技が見つかるかもしれないわよ」

「えっ」

「そうしたらヨット部だって復活できるじゃない」

「ううっ」

「よし、決まりね！」

萌実が嬉しそうに言って杏莉を起こすと、それまで黙って様子を見ていたヤストシが、フンと鼻を鳴らした。

「お前のようなバカが入ったところで役に立たないが、まあ頭数にはなるだろう」

「な、なにおう⁉」

「ただし、後から来たんだから、俺様のことはアンリと呼べよ」

「ええーっ、じゃああたしは⁉」

「お前にだって立派なあだ名があるじゃないか。キロリと呼んでやる」

「い、いやだーっ！」

キロリというのは、小学校以来の杏莉のあだ名だ。杏莉の〝杏〟を木と口に開いて、木口莉。

「そんなのヤダ！　やっとそのあだ名から解放されたと思ったのに……横暴だ！　ねえ、先生⁉」

「あ、私のことは萌実ちゃんでいいから」

「聞いてないしー！」

キロリの文句を無視して、萌実はパチンとウインクをした。

「ふふっ、キロリちゃん、ようこそ会計探偵クラブへ！」

「バカか、お前は。わかったようなことを言うな。0%なのは所得がないから。つまり、赤字みたいなものだ」

「赤字だと、税率は0%でいいの?」

「当たり前だ。税金は所得に対してかかるんだ」

〈第0話　p.021より抜粋〉

なるほど！税金講座 1

絶対公式を覚えよう

会計の世界には、**損益計算**という絶対公式があります。

絶対公式といっても小学1年生の算数レベルです。

それは、

収益－費用＝利益

というものです。

収益とは稼いだお金すべて、費用とは使ったお金すべてを意味します。

これらを差し引いた利益がプラスなら「利益が出た」と高評価し、マイナスなら「損失が出た」と低評価するのが損益計算です（損失と利益を計算するので、損益計算と呼びます）。

この仕組みは会社でも個人でも同じです。

会社は利益を出すことで株主に配当金を払い、残りは翌年の活動に使います。

個人も利益を出していかなければ、生活を継続できません。稼いだお金よりも使ったお金のほうが多ければ、借金をしたり貯蓄を取り崩したりしなければならなくなります。

さて、税金の世界も基本的には損益計算で動いています。

誰でも聞き覚えがある所得税や法人税も、損益計算でいう「利益」に「税率」をかけて「税額（税金の支払額）」が決まります。

利益×税率＝税額

利益がたくさんあればたくさん税金を払い、利益がないと税金を払わなくていい、というのが税金の仕組みです。

「利益がある人も利益がない人も、同じように公共サービスを利用しているのだから同じ額を払うべきじゃないか」

「選挙が1人1票なら、税金も一律の金額でもいいだろう」

という意見もあります。国民全員が同じ金額を払うという、「人頭税」(注1)的な考え方です。

しかし、いまの日本ではこの考え方は採っていません。税金を払う能力――これを「担税力《たんぜいりょく》」というのですが、担税力がある人がその力に応じて税金を支払うのが、負担感が平等になり民主的だ、という立場を採っています。実務的にも、このほうが楽です。経済力がある人からたくさん取ると、一気にお金が集まります。一方、経済力がない人からお金を徴収するのは骨が折れる作業なのです。

(注1)　現在ではほとんど採用されていないが、1990年、イギリスのサッチャー政権は「教育や福祉といった公共サービスは、そのサービスを受ける個人単位で負担すべき(受益者負担)」として導入された歴史がある。しかし庶民からの批判が多く、1993年に廃止された。

さて、これまで利益に税金がかかるといってきましたが、正確には利益ではなく「所得」に税金がかかります。

所得とは「収入－経費＝所得」で導き出される金額です。

〈会計〉　収益－費用＝利益

〈税金〉　収入－経費＝所得

利益と所得は、〝入〟と〝出〟を差し引きした、計算上の金額という意味では同じですが、ちょっと違う部分もあります。

利益と所得の違いとはなにか――実はこれがわかれば税金のすべてがわかる、というぐらいに難しいテーマです。端的に言うと、会計側の「収益」「費用」と、税金側の「収入」「経費」（注2）とで、その含まれる範囲が微妙に異なるのです。

たとえば、取引先が経営不振になって代金が回収できなくなったとき、会計では「こりゃ、回収はムリだな」と会社が判断すれば貸

	会計	税金
計算式	収益－費用＝利益	収入－経費＝所得
決めた人	民間（会計基準）	国家（税法）
考え方	経済の実態に合わせる	政策的に公平重視

倒損失という「費用」が発生します。しかし、税金では「会社更生法の申立てがある」など客観的にも回収不能な状況にならないと「経費」として認められません。

ポイントは、**会計のルールは民間が決めているのに対し、税金のルールは国家が決めている**という点です（注3）。その結果、利益は経済の実態に合ったルールで計算されるのに対し、所得は客観的で公平になるようなルールで計算されるのです。この違いがわかれば、会計と税金の両方をマスターすることができるでしょう。

最後に、税金の世界での絶対公式を覚えましょう。

収入－経費＝所得

所得×税率＝税額

まとめると、

（注2）法人税法では「収入」を「益金」、「経費」を「損金」と呼ぶ。

（注3）もちろん会計のルールも、投資家を重視した金融商品取引法、債権者を重視した会社法と、法律ごとに規定されているが、多くのルールは民間（財団法人財務会計基準機構内の企業会計基準委員会）に委ねられている。

所得

（収入－経費）×税率＝税額

となります。

なお、所得税は、個人の所得（収入－経費）にかかる税金なので、「所得税」と呼ばれています。

なるほど！ 税金講座1

まとめ

(会計)　「損益計算」　収益－費用＝利益

(税金)　「税金計算」　収入－経費＝所得
所得×税率＝税額

まとめると、

（収入－経費）× 税率＝税額
所得

【考え方】

所得（利益）がたくさんある人がたくさん払い、
所得（利益）がない人は払わなくていい。

【重視するもの】

会計……経済の実態
税金……公平

「法人で申告する部のほうが多いと聞いたが、ヨット部は個人で申告していたんだな」

「……えーっと、どう違うわけ？」

「一番の違いは税率だ。法人を選んだ場合、法人税がかかるが、税率は30％だ。一方、個人を選んだ場合は所得税がかかるんだが、税率は5～40％と変動する」

〈第0話　p.020、p.021より抜粋〉

なるほど！税金講座 2

なぜ会社の税率が30％で、個人が5～40％とバラバラなのか？

税金には**物税**《ぶつぜい》か**人税**《じんぜい》か、という考え方があります。

土地や建物にかける固定資産税や自動車にかける自動車税といった、モノに税金をかける「物税」の場合、その税金を払う人の事情に配慮して税金が決まることはまずありません。どんなに貧しくても土地や建物、自動車を持っていれば、税金を払わなければなりません。

消費税も「物税」です。だからこそ、お金持ちでも貧しい人でもお年寄りでも子供でもみんな税率5％なのです。払う人の事情は考慮されないのです。それは、買った商品というモノに税金をかけているからです。

しかし、「人税」は違います。人に税金をかけています。そのため、払う人の事情にも配慮します。とくに所得税は人そのものに税金をかけるので、一番「人」に気を遣っています。

その気遣いが一番表れているのが税率です。一番低い人は5％で高い人は40％と、かなりの差をつけています。

一方、会社にかける法人税も「人税」なのですが（注1）、組織全体にかける税金なので個人ほど配慮する必要がありません。そのため、原則一律30％なのです。業種が違っても、社員数が違っても、老舗でもベンチャーでも日本の会社なら30％です（注2）。

所得税は5～40％と聞いて、こう思う人がいるかもしれません。

「税率がそんなに違うなんて不公平だ。人頭税のように〝国民全員

（注1）「法人」は人間ではないが、法によって「人」としての権利（契約する権利など）を与えられた存在なので、「人税」と考えられている。
（注2）例外もあるので、21ページ「注3」も参照のこと。

が同じ金額〟とは言わないまでも、同じ税率で払ったほうが公平なんじゃないか」

そう思う人は、実際に計算してみましょう。仮に税率が一律20％だとしましょう。

所得（月間）	税額（20％）	生活費（所得－税額）
１００万円	20万円	80万円
10万円	２万円	８万円

月１００万円の所得の人は月20万円の税負担ですから、月80万円の生活費が確保できます。

一方、月10万円の所得の人は月２万円の税負担となり、月８万円の生活費でやっていかなくてはなりません。

同じ税率でも、月80万円と月８万円では税金の負担感が違います。

生活していくにはどうしても最低限かかってしまう費用があるの

所得税額速算表

課税される所得金額	税率	控除額
195万円以下	5％	0円
195万円超　330万円以下	10％	97,500円
330万円超　695万円以下	20％	427,500円
695万円超　900万円以下	23％	636,000円
900万円超　1,800万円以下	33％	1,536,000円
1,800万円超	40％	2,796,000円

（注）たとえば「課税される所得金額」が700万円の場合、求める税額は次のようになる。
700万円×23％－63万6000円＝97万4000円

で、同じ税率の場合、貧しい人に大きな負担感を与えてしまうのです。

仮に税率が一律5％なら、この問題は起きないかもしれませんが、そんな低率では国家財政のほうが持ちません。

そのため、負担感を公平にし、かつたくさん徴収するために、「たくさん払える人がたくさん払う」という原則で税金は作られています。つまり、講座1で出てきた「**担税力**」のある人にたくさん払ってもらうのです。

たくさん払える人のほうが、税金が高くても生活に困ることはなく、精神的な負担も小さくすみます。この点を踏まえて、税率で差をつけているのです。

金額の公平より、負担感の公平を重視しているということです。

税金はわかりやすいほうがいい、という理由で「所得税一律10％」

などを主張している方もいます。

たしかに非常にわかりやすいですが、先述のとおり貧しい人にはつらいだけです。金持ちはより金持ちに、貧しい人はより貧しく、といった身分の固定化にもつながります（税金にはこれを防ぐ役割があります。「所得の再分配機能」（注3）と言われるものです）。弱者を保護し、社会の流動性を確保することも民主主義国家の大事な政策なのです。

だとすると、法人税についても「儲かっている会社には、一律30%ではなく40%、50%の税率をかけてもいいのでは？」と思った方はいませんか？

法人税の税率が一律なのは、海外への移転を防ぐためです。個人の場合、高い税率を逃れるためだけに海外に移住することはなかなか難しいですが、法人の場合、高い税率を嫌って海外に本社を移転することは、海外支店を本社に変えるといった方法で比較的簡単に

（注3）豊かな人から取ったお金を、貧しい人に分け与えること。税金の他には、生活保護などが代表的。

できるからです（注4）。

税金は理念だけでなく、実態も考慮して決められているのです。

さて、同じぐらいの収入で同じ税率でも、次のような不満が起きることがあります。

「お隣さんは家族全員健康なのに、うちは病気がちの人が多い。それなのに税金の負担が同じなのはなんだか釈然としない」

厳しい人なら自己責任の一言で切って捨てるかもしれませんが、税金は違います。ちゃんと配慮します。

医療費が多い場合は「医療費控除」、母子家庭・父子家庭の場合は「寡婦・寡夫控除」といった形で税金を減らすようにしているのです。

これが税金独特のキーワード、**控除**です。

講座1では「収入－経費＝所得」という計算式を紹介しましたが、もっと詳しく書くとこうなります。

（注4）実際、法人税率を下げることで企業を誘致する政策をとっている国や地域もある。こういった国や地域を「タックス・ヘイブン」と呼ぶ。代表的なのは、ケイマン諸島・バミューダ諸島・リヒテンシュタインなど。

収入－経費－控除＝所得

収入から経費を差し引いた後、さらに各個人の事情に配慮した「控除」も差し引いて所得を出すのです。つまり控除という仕組みは、税金を安くするための配慮なのです。控除は、次のようにいろいろな人が利用できます。

1. 雑損控除……災害や盗難にあったり、横領された人
2. 医療費控除……家族分を含め、医療費をたくさん払った人
3. 社会保険料控除……家族分を含め、健康保険料や公的年金を払った人
4. 小規模企業共済等掛金控除……小規模共済を払った人
5. 生命保険料控除……生命保険を払った人
6. 地震保険料控除……地震保険を払った人
7. 寄附金控除……国が認めた団体に寄付をした人

8. 寡婦・寡夫控除……親一人で子育てをしている人
9. 勤労学生控除……自分がそこそこバイトしている学生
10. 障害者控除……自分や家族が障害者の人
11. 配偶者控除……収入が少ない妻（夫）がいる人
12. 配偶者特別控除……配偶者控除の人より、ちょっと収入が多い人
13. 扶養控除……何人か養っている人
14. 基礎控除……人であれば全員

※もちろん、適用されるにはそれぞれに細かい条件があります。

税金はあらゆる面において、不平不満を起きにくくするようにできています。それが段階に差をつけた「税率」であり、各個人の事情を考慮した「控除」です。

政府は、毎年のように控除の改正を行いますが、それは社会の変化が激しいのと、「どのように配慮するのか？」について意見が百出している現状があるからです。

現在、次のような控除の改正が予定されています。

・配偶者控除の見直し

・0〜15歳までの扶養控除の廃止

・扶養控除の中の特定扶養控除（16〜22歳）のうち16〜18歳部分の縮減

0〜15歳までの扶養控除の廃止や縮減は、「子ども手当」の導入や高校の実質無償化に伴うものです。

民主党政権は「（所得）控除から手当へ」というスローガンのもと、控除よりも「手当」を使って各人の事情に配慮する政策を進めています。これは控除よりも手当のほうが、低所得者にとって有利だからなのですが、そのわけは……次の講座3の中で明らかにしていきます。

なるほど！ 税金講座2

まとめ

所得税…… 人そのものに税金をかける。

特徴 1. 負担感の公平を重視した5～40%の「税率」

2. 各個人の事情に配慮した「控除」

所得税の計算式

収入－経費－控除＝所得

所得×税率＝税額

税金による「所得の再分配」

……担税力がある人に税金を払ってもらうことで貧富の差を小さくする。

身分の固定化を防ぎ、社会の流動性を確保する。

控除……各人の事情に配慮した税金を安くする仕組み。

ただし、民主党政権は「控除から手当へ」。

第1話

「なぜ、アンリに頼まなかったのか?」

1.

五月。

「おいキロリ、お茶」

会計探偵クラブの部室で安利《やすとし》——いやアンリに言われたが、キロリは無視する。

「おい、聞こえなかったのか？　茶だ」

「だーっ！　うるさいっ、なんであたしがそんなことしなくちゃいけないのさ。見えないの？　あたしはねえ、さっきから片づけに忙しいのよ、萌実ちゃんが持ち込んだコピー機やら冷蔵庫やらを片づけるのに！　アンタ暇そうにしてるんだから、それくらい自分でしなさいよっ」

ドンと冷蔵庫を叩くと、アンリは書類から顔を上げた。

「お前、まだわかってないようだな。このクラブにおいてお前に求められているのはそのバケモノじみた体力なんだよ。俺様は頭脳労働担当なんだ」

「だから？」

「体を動かすのはお前の仕事だ。片づけるのも、茶を淹れるのもな。俺はいま、会計探偵に忙しいんだ」

「……は？」

冷蔵庫を放置して覗き込んでみると、アンリが手にしていたのは見覚えのある表だった。

「なんだ、確定申告書じゃん」

顧問である藤原萌実から渡された『なるほど! 税金講座』という本のおかげで、キロリにも確定申告のアウトラインはわかるようになっていた。

「当たり前だ。会計探偵なんだからな」

「……あのさー、会計探偵って、そもそもなんなの?」

「なんだって? お前、バカだバカだとは思っていたが、本当にバカだな。会計探偵がなんなのかも知らずにせっせと活動していたのか?」

「だ、だって萌実ちゃんが説明してくれなかったんだもん!」

「あの顧問にまともな指導を期待するな……いいか、会計探偵っていうのは、確定申告書の第一表だけを見てその人のすべてを明らかにすることなんだ」

「ほえー。じゃあクイズみたいなものか」

「まあな。だがベースに簿記はもちろん、相当な会計・税務の知識がないと正しく読み解くことができない。会計における総合格闘技みたいなものだ。単に簿記を極めるだけの簿記部の活動より、よっぽど面白い」

「ふーん」

「わかったらさっさとお茶を持って来い」

「へいへい」

なんだか反抗するのもバカらしくなって、素直にお茶を淹れた。

「はい、主将！」

机の上にドンと湯飲みを置く。アンリと呼ぶのはさすがに癪なので、主将というクラブ内の役職名で呼ぶことにしていた。

「……おい、なんだこれは。いいか、俺様がお茶と言ったら、それはキーンと冷えた牛乳のことなんだ！」

「知るか、そんなことっ！」

机をひっくり返してやろうと思った瞬間、バターンと部室のドアが開いた。

「ちょっと二人とも、来た来た、来たわよ！」

「も、萌実ちゃん、なにが？」

「もちろん、会計探偵の依頼がよ――」

2.

「萌実ちゃん、会計探偵の依頼って?」

「外部から依頼が来たのよ。やっぱり探偵と名がつくからには、実際の事件を解決してみせなくちゃカッコ悪いものねっ」

「ちょっと待ってくれ、先生。実際の事件って、一体どうやって募集したんだ?」

「もちろんホームページよ、アンリくん。いまどきチラシを配って回るのも、なんだしね」

「萌実ちゃん、ホームページ作れるの⁉」

「まっさかー。知り合いの元ＩＴ社長の会計士にタダで作ってもらったのよ」

「へえー」

「ほら、これよ」

萌実がパソコンを立ち上げて見せてくれた。

「こっ、これは……」

あまりのトップページに、キロリは言葉を失った。

まっ黄色の背景の中でショッキングピンクの巨大なうずまきがグルグルと回り、その中心で王様の戴冠式みたいな衣装を着たウサギが、「白百合アンリ様に解決できないことなど、この世にはない！」というセリフをしゃべっていた。

おまけに、『どんなことでもよく当たる、百発百中の会計占い！』というコピーが踊っている。

「……おい、先生。いつから会計探偵は占いになったんだ？」

「だってこのくらいしないと、お客さんが来ないと思って」

「『お客様の喜びの声がこんなにたくさん！　――私はおかげで5キロ痩せました(26歳・自由業)』って、なんだこれは？」

「どこもやっている宣伝の王道よ。〝お客様の声〟という名の自作自演は」

「それが会計士の言うことか⁉」

「……萌実ちゃん、そのお客さんが来ちゃったの？　これを見て？」

「そうよ。すごいでしょー」

……すごい。いろんな意味で。

「もう受付のところに来てるから、どっちか迎えに行ってくれる？」

「キロリ、お前行け」

「えーっ、なんでよ」

「お前、体を動かす以外で役に立てること、なにかあるのか？」

「……行ってきます」

3.

「あの、会計探偵クラブに来た方ですか?」

受付にいた女性にキロリが声をかけると、彼女がホッとしたように顔を上げる。

「はい。高橋紹子と言います」

「あ、ども。白百合杏莉《あんり》です」

「まあ、あなたが? あなたがどんなことでも解決できるという白百合アンリ様なのね!」

「ちっ、違います。あたしは……」

「だって、白百合アンリって」

「そ、それはそうなんだけど、なんというか」

「私すごく困ってるの。助けて、アンリ様!」

とりすがられて、キロリは説明しにくくなってしまった。

まあいいやと思って部室に案内すると、冷蔵庫とコピー機が片づいていた。

「ようこそ、顧問の藤原です」

「はじめまして、高橋紹子です」

挨拶をすませて全員がソファに座る。

「そうだ、お茶を……」

思いついてキロリが立ち上がると、紹子が止めた。

「アンリ様、お構いなく。それよりもさっそく占ってほしいの」

紹子がキロリに「アンリ様」と呼びかけた途端、萌実とアンリの動きがピタッと止まった。

「あ、あの、これは……」

ちょっとした誤解で、とキロリは言おうとしたが、アンリの恐ろしい笑みに言葉を飲み込んだ。

「ほおおおお。面白いじゃないか、アンリ様」

青くなって萌実を見たが、どう見ても笑いをこらえている。

「あの……どうしたんですか？　あなたは？」

紹子が不審そうにアンリに聞く。

「これは失礼。俺は、アンリ様の助手で白百合安利《やすとし》と言います」

「あら、アンリ様と同じ苗字なのね」

「ええ、親戚なんですよ。光栄なことにね。それで、ご依頼というのは」

あきらめたキロリがソファに座ると、紹子はカバンから一枚の書類を取り出した。

「この確定申告で占ってほしいの、アンリ様」

4.

差し出された「確定申告書A」(注1)の控えをキロリはしぶしぶ手に取った。

一番上に、住所氏名などが書いてある。立花宗滋《たちばなそうじ》、年齢三十一歳。

「ん?　宗滋?」

「ええ、一緒に暮らしている彼」

「……って、つまり、同棲!?」

「そうよ」

「そ、そうなんですか」

「ところでアンリ様、本当にその一枚だけでいいの?　ホームページにそう書いてあったけど、不安だから一応全部持ってきたのよ」

紹子がファイルごと出そうとするのをキロリはあわてて止めた。

「いえ、いいです。とりあえずこれで十分です」

先ほどのアンリの言によれば、会計探偵はこの一枚だけで推理するはずだ。それにいろいろ書類を見せられても、正直よくわからない。

「そうお?　たったそれだけで、人を幸せにできるなんて、すごいわねえ」

「……あの、それもホームページに?」

(注1)　確定申告書にはAとBの二種類がある。Aは会社員や年金生活者といった人限定で、項目が少ない。一方、Bは自営業者など誰でも使用でき、記入できる項目は多い。

「そうよ。アンリ様にかかれば確定申告書は魔法の書類、たちどころにその人の人生を変えて、出世、転職、結婚はおろか、子宝にまで恵まれる！　……って、違うの？」

綺麗な眉を思いっきりひそめられて、キロリはあわてる。

「ち、ち、ち、違いません」

ああっ、なんで肯定してしまう、あたし！

ていうか萌実ちゃん、なんてホームページを作るのーっ。

こっそり萌実を睨んだら、ぺろっと舌を出された。全然反省していない。

しょうがないのでとりあえず申告書に目を落とす(注2)。

「……えーっと、彼氏さんは会社員、と」

「すごい！　どうしてわかったの⁉　私、まだ彼について一言も言ってないのに。その紙一枚でわかるなんて……やっぱり、さすがはアンリ様ね！」

「はあ、まあ、それほどでも……」

だって、給与しか収入がないし。そのくらいはキロリの付け焼刃の知識でもわかった。偉大なり『なるほど！税金講座』。

「あとはどんなことがわかるの？　なんだかドキドキするわ」

「え、ええーっと」

申告書には、次のような数字が並んでいた。

（注2）　ここでの「申告書」とは「確定申告書」のこと。たいてい「申告書」と略して呼ぶ。

確定申告書A 第一表

収入金額等		給与	5,280,000
	雑	公的年金等	
		その他	
		配当	
		一時	
所得金額		給与	3,684,000
		雑	
		配当	
		一時	
		合計	3,684,000
所得から差し引かれる金額		社会保険料控除	452,160
		小規模企業共済等掛金控除	
		生命保険料控除	15,000
		地震保険料控除	
		寡婦、寡夫控除	
		勤労学生、障害者控除	
		配偶者控除	
		配偶者特別控除	
		扶養控除	
		基礎控除	380,000
		計	847,160
		雑損控除	51,600
		医療費控除	
		寄附金控除	115,000
		合計	1,013,760

税金の計算		課税される所得金額	2,670,000
		上に対する税額	169,500
		配当控除	
		住宅借入金等特別控除	
		政党等寄附金特別控除	
		住宅耐震改修特別控除	
		電子証明書等特別控除	
		差引所得税額	169,500
		災害減免額外国税額控除	
		源泉徴収税額	186,100
	申告納税額	納める税金	
		還付される税金	16,600
その他		配偶者の合計所得金額	
		雑所得・一時所得の源泉徴収税額の合計額	
		未納付の源泉徴収税額	
延納		申告期限までに納付する金額	
		延納届出額	

「えぇぇー、とぉぉー」

「……私、こうやって占いを受けるのは初めてなの」

紹子は神妙な顔をしている。

「はあ」

「ねえ、なにかわかった？」

「いえ、ていうか、おねえさんは彼氏さんのなにを占ってもらいたいんですか？」

「それはだから……つまり、一緒に暮らして長いから、そろそろ結婚を考えようと思うわけ。でも、でもよ、本当に彼でいいのかなって」

「はあ……なるほど」

キロリはあらためて申告書に目を落とす。

年収は500万円超。よくわからないが、悪くはないのではなかろうか。他に結婚相手として気になる点は……。

「寄附金控除　115,000円？」(注3)

「あ、それは……毎月地元のNPOに寄付をしているって言ってたから、多分それね」

「へえ〜、年間10万円以上も！」

「そうなのよねえ」

(注3)　税務では、「寄付」ではなく「寄附」である。「附」は「ほどこす」という意味がある。

「じゃあ、いいんじゃないでですか?」

「は?」

「だから、結婚です……とっても優しい人みたいじゃないですか!」

「…………」

紹子が複雑そうな顔で黙ったとき。

「ブッ……ククッ……ワーッハッハッハ!」

ヤツが腹を抱えて笑い出した。

「け、傑作だ! クックックック……寄付をすればイイ人、なんてバカもいいところだ」

アンリは机の上の申告書を手に取ると、それに見入った。

「ほう、これは珍しい」

眉を上げて言う彼に、紹子がむっとした様子を見せる。

「ちょっと、あなた助手なんでしょ」

「お、おねえさん。こいつ、性格は悪いけど優秀な部員なんです」

笑われたのは悔しいが、キロリは思わずフォローしてしまった。

「アンリ様と同じぐらい?」

紹子の言葉に、彼はニヤリと笑った。

「滅相もない。俺など、太陽のようなアンリ様の足元のゴミ虫にも及ばない」

「でもきみ、アンリ様のことをバカって……」

「ああ、アンリ様は体育科でいらっしゃるから。脳みそが筋肉でできているが、直感力はお持ちだ。なにせ、占いがお得意だからな。……それより、あなたは彼のすべてを知る覚悟ができているのか？」

「え？」

「申告書はその者のすべてを映し出す。それを、本当に知ってしまっていいのか!?」

「……」

「この申告書、勝手に持ち出して来たんだろう。ケータイを盗み見るよりもよっぽどタチが悪いんだぞ」

「……でも、私は真実が知りたいの」

「……わかった」

5.

「あなたは、この立花宗滋さんと一緒に暮らしているんだな？」

「ええ」

「では、最近あなたたちの家に大事件は起きていないか？　火事とか災害とか」

「災害？　いいえ、全然」

「ふん……なら、答えはひとつだ」

「どういうこと？」

キロリが聞くと彼は机の上に申告書を置き、トン、とある箇所を指し示した。

「ここを見ろ」

「雑損控除……51,600円……」

キロリは口に出して読んだ。

確定申告書にはその年のすべての所得を記載して、そこから社会保険料控除や基礎控除などの控除項目を差っぴいて、それに税率をかける。だが、雑損控除なんてあまり覚えがない。

「雑損控除は滅多に使われる項目じゃない。火事や災害でないなら……恐らく、盗難（注4）」

（注4）　雑損控除は生活に通常必要な資産が災害、盗難、横領で損害を受けた場合が対象である。今回のケースでも横領の可能性はあるが、通常、横領は事業をしていないと発生しない。

「盗難⁉」

紹子が驚く。

「その様子では、家に空き巣が入ったわけでもなさそうだ。すりか置き引きか……とにかく自宅以外の場所で盗難にあった」

「……」

「同棲相手のあなたが知らないということは、あなたに言えないようなところで盗難にあったか、あなたに言えないようなモノを盗まれた」

「……」

紹子の様子がおかしかった。

驚いているというよりは……。

「あなたにも心当たりがあるのでは？」

そう、なにか思い当たることがあって、ショックを受けているという感じだ。

「申告書の中に、被害届受理証明書があるはずだ。それを見てくれ」

紹子はファイルから書類の束を出すと、パラパラとめくって、あったと小さくつぶやいた。それを見せようとする。

「いや、結構。俺たちはあくまで一枚目だけしか見ないので。……どこで被害にあっている？」

「岩屋町……のマンションの一室みたい」

「マンション？　……あなたたちが住んでいるのは、岩屋町ではなかったな」

「……ええ」

「……時刻は？」

「深夜に……」

重い沈黙が流れた。

恋人のいる男性が、深夜に自宅外のマンションの一室で盗難にあった。そのことを恋人に隠しているとなれば、なぜそこにいたのかは明白だった。

「ああ、やっぱり……！」

両手で顔を覆ってしまった紹子を、キロリは痛ましい気持ちで眺める。

紹子は、恋人の浮気をたしかめに来たのだった。

「……では占いを」

アンリにうながされて、キロリは仕方なく話をまとめた。

「彼はあなたに隠していることがあります。まずはきちんと話をすることが大切です。結婚を考えるのは、それからにするのがいいでしょう――」

6.

「……実際の会計探偵ってのはなかなかヘビーなもんだな」

紹子が去った部室で申告書を眺めながら、アンリが言った。一枚目だけコピーをとらせてもらったのだ。

「そうねー、アンリくんが言ったように、申告書はその人の一年間の活動をすべて映し出しているからねー」

なにか考え込んでいる風の萌実が、少し上の空で言う。

「……あの、助けてくれてありがと……」

キロリが言うと、彼はふんと笑った。

「貸しができたな、アンリ様」

「もう、やめてよ」

「勝手に俺の名前を名乗るとは」

「悪かったたって。でも、向こうが間違えたんだもん！」

「否定すれば済む話だろう？　お前はどこの名前泥棒だ」

「ちょっと待って、映画泥棒みたいに言わないでよ！　泥棒なのは、ヤストシのほうじゃない。アンリをあたしに返してよ！」

「悪いが、もはやアンリは俺のものだ」

「アンリはあたしだけのものだったのに!」

「ふっ、いまや俺とアンリは一心同体だ」

「……なんだかこの部分だけ聞くと、アンリを取り合っている本妻と愛人みたいねえ」

萌実はニヤニヤ笑っていた。

「それでお取り込み中悪いんだけど、アンリくん。今日の調書を書いておいてくれる?」

「ああ」

「……ただし、事件が全部解決してからね」

言われたアンリが少し驚いたような顔で萌実を見る。

「……なに?」

「残念だけど、アンリくんの推理……浮気して盗難にあっておしまいっていうアレ、多分はずれよ」

「そんなはずは……」

「覚えておきなさい、アンリくん。藤原萌実のカイケー語録、その一。『会計は伝票で起きてるんじゃない、現場で起きている』のよ!」

年収は500万円超。よくわからないが、悪くはないのではなかろうか。他に結婚相手として気になる点は……。

「寄附金控除　115,000円？」

「あ、それは……毎月地元のNPOに寄付をしているって言ってたから、多分それね」

「へえ～、年間10万円以上も！」

*

「雑損控除……51,600円……」

キロリは口に出して読んだ。

確定申告書にはその年のすべての所得を記載して、そこから社会保険料控除や基礎控除などの控除項目を差っぴいて、それに税率をかける。だが、雑損控除なんてあまり覚えがない。

「雑損控除は滅多に使われる項目じゃない。火事や災害でないなら……恐らく、盗難」

「盗難!?」

〈第1話　p.066、p.069、p.070より抜粋〉

なるほど！税金講座 3

使える控除は覚えておこう

講座2で説明したとおり、「控除」とは税金を安くするための配慮です。では、どういった配慮があるのでしょう。

まず覚えておいたほうがいいのは、**雑損控除**。火事や災害、盗難、横領などの被害にあった場合は、税金が安くなります。

この雑損控除のことは、誰かが親切に教えてくれるわけではありません。数年前、私の妻が現金10万円以上入った財布も含めてカバンごとひったくられました。この事件に対応した警官たちはみな優しく接してくれて嬉しかったそうなのですが、雑損控除のことまでは教えてくれなかったそうです。

「盗難のときは雑損控除」、これは自己責任で覚えておかなければなりません。

なお、詐欺や紛失の場合は雑損控除にはできません。詐欺や紛失は自分に責任があるので配慮する必要はない、というのが税金の考え方です。


医療費控除は、医療費が10万円を超える場合に使えます（注1）。

年10万円の医療費というと、大きな病気をした場合や保険のきかない不妊治療を受ける場合などにお世話になることでしょう。「年に10万円も医者にかからない」という人でも、家族4人それぞれが年3万円かかっていれば、合計12万円で医療費控除が使えます。そう、医療費控除は家族単位なのです。

仮に共働きで家族のうちに2人納税する人がいたとしても、12万円÷2＝6万円で医療費控除不可、ということにはなりません。ぶっちゃけた言い方をすると、医療費控除は家族のうち誰か1人が全

雑損控除	次の２つのうちいずれか多い方の金額 (1)（損失額＋災害等関連支出－保険金等）－（合計所得×10％） (2) 災害関連支出－5万円 ※　損失額が大きくてその年の所得金額から控除しきれない場合には、翌年以後（3年間が限度）に繰り越して、各年の所得金額から控除することができる。なお、雑損控除は他の所得控除に先だって控除する。

（注1）　所得２００万円以下の場合、10万円未満でも医療費控除が使える。左の計算式を参考にしてほしい。

員分を払ったとして計算ができます。あとで説明しますが、医療費控除は「所得控除」なので、一番税率の高い人が全員分の医療費を負担したことにすると、もっとも税金が安くなります。

所得税は原則的に1人ひとりにかかりますが、医療費に関しては「家族みんなで助け合ってもいい」という配慮なのです。

なお医療費には、**通院のための交通費**や、治療のための**市販の薬代**も含んでＯＫです（美容関連や治療ではない眼鏡、予防や健康のための薬などは医療費として認められていません）。

医療費控除の対象となる金額は、下の表の式で計算した金額（最高で２００万円）です。

小説で登場した**寄附金控除**ですが、どこに寄付してもいいというわけではありません。実は、寄附金控除は認められる範囲が狭いのが玉にキズなのです。公的な機関への寄付である「特定寄附金」で

医療費控除	(支払った医療費の合計額－保険金などの補填額※) －“10万円” or “合計所得×5%” のいずれか少ない方 ※　保険金などの補填額とは 生命保険契約などで支給される入院費給付金、健康保険などで支給される高額療養費・家族療養費・出産育児一時金など

ないと、控除は認められません。NPO法人への寄付の場合も、国税庁が認めたNPO（認定NPO）でないと寄附金控除として認められません。

それでは寄付する気にならない、もっと自由に寄付先を選ばせてほしい、と思う方もいるでしょう。

しかし、こうなったのにも理由があるのです。

寄附金控除というのは、寄付しようという気持ちを応援するための配慮なのですが、寄付先がNPOのフリをした暴力団など反社会勢力の場合、単なる資金援助、もしくは恐喝による資金供与になってしまうからです。

ちなみに、宗教法人への寄付も控除は認められていません（財務大臣が認めた指定寄附金（注2）だったらOKです）。

アメリカのように、もっと控除が認められる寄付先の範囲を広げないと寄付が活発にならない、という意見もありますが、いまのところ日本は不正利用を恐れて寄付先を制限しています。

寄附金控除	特定寄附金の支出額 − 5000円 ※合計所得の40%が限度 「政党等に対する寄附金の特別税額控除」は、特定寄附金とは別。

（注2）神社やお寺は宗教法人だが、建物の保存・修理の費用を指定寄附金でまかなうことがある。

寄附金控除が認められる主な団体一覧

国
地方公共団体
独立行政法人
公益社団法人
公益財団法人
学校法人（入学金の寄付は不可）
社会福祉法人
更生保護法人
政治団体
自動車安全運転センター
日本司法支援センター
日本私立学校振興・共済事業団
日本赤十字社
日本ユニセフ協会
WFP（国連世界食糧計画）
DPI日本会議（アジア太平洋地域の障害者支援）
WWFジャパン（世界自然保護基金）
ジャパン・プラットフォーム
セーブ・ザ・チルドレン・ジャパン
プラン・ジャパン
日本自然保護協会
財団法人国際開発救援財団
認定NPO法人　難民を助ける会
ドナルド・マクドナルド・ハウス・チャリティーズ・ジャパン
ユニフェム（国連女性開発基金）
難民支援協会
国境なき医師団日本
財団法人日本野鳥の会
認定特定非営利活動法人　文字文化研究所
日本ブルキナファソ友好協会
ワールド・ビジョン・ジャパン
JVC（特定非営利活動法人　日本国際ボランティアセンター）
言論NPO
認定NPO法人　霧多布湿原トラスト
日本UNHCR協会

条件がつく場合もあります。

寄付をすれば受領書などがもらえるので、確定申告時にそれを添付すれば寄附金控除が認められます。

ただ、政党への寄付金、いわゆる政治献金は無条件で控除（政党等寄附金特別控除）が認められています。それも、これまで説明してきた**所得控除**ではなく、なんと**税額控除**なのです。

「税額控除」はどこが凄いのか。

それは、「所得控除」が所得を減らす効果があるのに対し、「税額控除」は税額そのものを減らす効果がある点です。

所得控除で所得を10減らしても、それに税率をかけるので、税率10％なら1しか減りません。

一方、税額控除は10なら税額がそのまま10減ります。

たとえるなら、所得控除は食事の摂取カロリーを若干減らすだけなのに対し、税額控除は脂肪吸引手術で体重をガバッと減らすようなものです。

所得控除と税額控除の違いを、計算式で見てみましょう。

元の状態

100×10％＝10

所得控除

（100－10）×10％＝9

税金控除

（100×10％）－10＝0

【税金の絶対公式】

（所得控除＝控除）

（収入－経費－控除）×税率＝税額

（収入－経費－控除）×税率＝税額－税額控除＝最終的な税額

（税額控除 → **政党寄附金など**）

所得控除でどれだけ税金が安くなるのかは、税率によって異なります。税率が高いほど効果が大きいです。一方、税額控除の場合、確実にその金額だけ税金が安くなりますので、「所得控除は高所得者有利、税額控除は低所得者有利」になります。

つまり、政党寄附金が税額控除である理由は、低所得者でも寄付しやすい世の中にしたいからです。広く薄く国民から政治献金を集めたい――これが税法をつくる側である国会議員の想いなのです。

また、民主党政権が「(所得)控除から手当へ」のスローガンを掲げているのも、手当は直接現金を渡す制度なので税額控除と同じ効果を発揮するからです。

つまり、低所得者に有利な政策を実行しようとしていることがわかります。

あと、税額控除でよく使われるのは住宅借入金等特別税額控除、いわゆる**住宅ローン控除**です。

これは、住宅ローンを組んだ場合にだけ発生します。住宅を借金せずに買った人には関係ありません。これは「国民のマイホームの夢を助けたい」という配慮から生まれています。憲法的に解釈すると、居住の自由(第22条)を担保するための配慮とでも言えるでしょう。衣・食・住の充実は、人権を尊重するうえで大切な部分です。

住宅ローン控除の控除期間及び控除額の計算方法

住宅ローン控除の控除額は、住宅ローン等の年末残高の合計額をもとに、住み始めた年の計算方法により算出します。

住み始めた年	控除期間	各年の控除額の計算 （控除限度額）		
平成11年1月1日から 平成13年6月30日まで	15年	1～6年目 年末残高等×1% （50万円）	7～11年目 年末残高等×0.75% （37万5千円）	12～15年目 年末残高等×0.5% （25万円）
平成13年7月1日から 平成16年12月31日まで	10年	1～10年目 年末残高等×1% （50万円）		
平成17年1月1日から 平成17年12月31日まで	10年	1～8年目 年末残高等×1% （40万円）	9～10年目 年末残高等×0.5% （20万円）	
平成18年1月1日から 平成18年12月31日まで	10年	1～7年目 年末残高等×1% （30万円）	8～10年目 年末残高等×0.5% （15万円）	
平成19年1月1日から 平成19年12月31日まで （注）控除期間について10年又は15年のいずれかを選択	10年	1～6年目 年末残高等×1% （25万円）	7～10年目 年末残高等×0.5% （12万5千円）	
	15年	1～10年目 年末残高等×0.6% （15万円）	11～15年目 年末残高等×0.4% （10万円）	
平成20年1月1日から 平成20年12月31日まで （注）控除期間について10年又は15年のいずれかを選択	10年	1～6年目 年末残高等×1% （20万円）	7～10年目 年末残高等×0.5% （10万円）	
	15年	1～10年目 年末残高等×0.6% （12万円）	11～15年目 年末残高等×0.4% （8万円）	
平成21年1月1日から 平成22年12月31日まで	10年	1～10年目 年末残高等×1% （50万円）		
平成23年1月1日から 平成23年12月31日まで	10年	1～10年目 年末残高等×1% （40万円）		
平成24年1月1日から 平成24年12月31日まで	10年	1～10年目 年末残高等×1% （30万円）		
平成25年1月1日から 平成25年12月31日まで	10年	1～10年目 年末残高等×1% （20万円）		

（2010年1月現在）

もちろん、政府の考えることですので、住宅市場の活性化を図る狙いもあります。住宅が売れると、建設業や不動産業だけでなく、家具の購入などでうるおう製造業や小売業、引越しをする運送業など幅広い業界がその恩恵を受けます。そして国は不動産登記の登録免許税や印紙税などの税収も期待できます。

税金は国家が政策的に決めるものですので、こうした経済政策的な狙いも当然、税法に反映されます。

雑損控除、医療費控除、寄附金控除、政党等寄附金特別控除、住宅ローン控除と話してきましたが、どれも確定申告をしなければ認められませんので、ご注意ください（注3）。

（注3） 住宅ローン控除において、会社員などの給与所得者の場合、最初の年に確定申告をすれば、翌年以降は年末調整で控除が受けられるようになる。

なるほど！ 税金講座3

まとめ

所得控除→所得を減らす効果。税率が高いほど減税効果が大きい。高所得者ほど有利。

税額控除→税額を直接減らす効果。手当と同じ効果がある。低所得者ほど有利。

雑損控除……………火事・災害・盗難・横領のときに使える。

医療費控除…………家族全員の医療費が10万円超のときに使える。

寄附金控除…………5000円超のときに使える。寄付先は公的機関や認定NPOなどに限られる。
ただし、政党への寄付は自由、かつ税額控除。

住宅ローン控除……住宅ローンを組んでマイホームの新築、購入、増改築などをしたときに使える。税額控除。

なるほど！税金講座 4

確定申告は全員しなければならない

77ページにおいて、所得税は1人ひとりにかかる税金と言いましたが、実はこれは重要なポイントです。

家族単位で所得税をかけるフランスのような国もあります。夫婦単位で所得税をかけるアメリカのような国もあります（個人単位との選択制）。しかし、日本では個人単位で所得税をかけています。このため、日本に住んでいる人は大人も子供もお年寄りも、全員所得税を払わなければならないのです。

しかし、現実には子供や専業主婦は所得税を払っていません。

なぜでしょうか？

答えは簡単。「所得」がゼロだからです。所得がなければ当然、所得税も払う必要はありません。

「僕、毎月お小遣いもらっているけど、所得税なんか知らないよ」

「あたし、ちょっとだけアルバイトしてるんだけど、所得税を払った記憶がまったくない」

という人もいるでしょう。

これは所得税の「控除」に秘密があります。

人は誰しも**基礎控除**（注1）が認められているのですが、これが38万円と決められています。

つまり、年収が38万円以下なら税金がまったくかかりません。

（注1）基礎控除は所得税だけでなく、相続税（5000万円＋1000万円×相続人数）や贈与税（110万円）などにも存在する。

※収入30万円の人の場合（経費0円とする）

（収入－経費－控除）×税率＝税額

（30万円－0円－38万円）×税率＝0円

この年38万円という金額は、「すべて国民は健康で文化的な最低限度の生活を営む権利がある」という憲法第25条（生存権）の反映です。

年38万円は最低限必要なのだから、それ以下の収入の人に税金をかけるのは人道的に許されないということなのです。

「専業主婦は103万円までなら所得税がかからないんじゃなかったっけ？　だからパートも103万円までに抑えるようにするんでしょ」

その通りです。

なぜ38万円ではなく１０３万円なのかは、「収入－経費－控除」の「経費」がキモになっているのですが、これは２６１ページ「注3」でお話しします。

さて、日本に住んでいる人はみな所得税を払わなければなりません。払わなくていいのは所得がゼロの人だけ。

そして、所得税を払う際には、自分で税額を計算して確定させ、税務署に申告しなければなりません。それが、**確定申告**です（注２）。確定申告は、所得がある人なら誰でもしなければならないのです。

ではなぜ確定申告をしていない人、知らない人が多いのか？

それは、確定申告の代わりに別の方法で所得税を払うことも認めているからです。それが会社員や公務員なら聞いたことがある「年末調整」「源泉徴収」なのですが、それは次の講座でお話ししましょう。

（注２）　この仕組みを「申告納税制度」と呼ぶ。これに対して、行政側が税額を確定する仕組みを「賦課課税制度」と呼ぶ。住民税（道府県民税・市町村民税）や固定資産税などは、「賦課課税制度」である。

なるほど！ 税金講座4

まとめ

憲法第30条（納税の義務）

→ 確定申告。すべての国民の義務

→ 自分で税額を確定させて申告する「申告納税制度」

→ ただし、所得が0円の場合は必要ない

憲法第25条（生存権）

→ 所得税の基礎控除38万円

第2話

「終わりなき関係に生まれつく」

1.

翌日、土曜日。

キロリが「大変大変！」と部室に駆け込むと、アンリが眉をひそめた。

「騒々しいヤツだな。校内は走るなと習わなかったのか」

「うるさいな！　そんなことより、ゆうべ紹子さんから電話があったよっ」

「……電話？　なぜお前に」

「昨日ケー番聞かれてさ。ほら、あの人あたしのことアンリ様だと思ってるから……」

「なんと言ってきたんだ」

「えーっと、浮気相手だと思っていた人は浮気相手じゃなくて結婚相手みたいだったから、紹子さんのほうが浮気相手だったんだって！」

「……明解な日本語に訳すと、高橋紹子の同棲相手は妻帯者で、高橋紹子のほうが愛人だったということか？」

「そうそう、そゆこと。だからさ、岩屋町のほうが本宅っていうか、ほんまもんのおうちだったんだね。だったらそこで盗難にあったのも納得だよー」

「……いや、それはどうだろうな」

アンリが考え込んだとき、バタバタと足音が聞こえてきた。バターンとドアを開けたのは、萌実だ。

「あっ、いた、よかった」

「……先生、校内は走るなと習わなかったのか？」

「あのねえアンリくん、もうちょっとあらゆる可能性を考えてからモノは言ったほうがいいわよ」

「なに？」

「つまり、私がわざわざ走ってきたということは、それだけ大事な用がある可能性が高いってことよ」

「……仮にそうだとしたら、早く言ってほしいんだが」

「うっ……たしかに。じゃあ言うわよ、アンリくん、これから新しい依頼者が来るから！」

「なんだって？　また⁉」

「そうなのよ、大繁盛ね〜。で、私ちょっと用があるから、悪いけどよろしくね。はい、これ依頼者の情報」

萌実はメモ用紙をアンリに押しつけると、またバタバタと出ていった。

アンリがため息をついてメモに視線を落とした。

すぐにその顔がこわばる。

「どったの？」

「……立花夜美《やみ》」

「は？」

「依頼者の名前だ」

「ふーん、なんか最近聞いたような」

「立花といえば、高橋紹子の同棲相手、立花宗滋と同じ苗字だ……そして住所は岩屋町」

「えっ……」

まさか、奥さん⁉

2.

「ほんとーにタダなのお？　悪くなーい？」

「部活動ですから。その代わり、活動記録として残すために申告書のコピーを取らせていただきます。キロリ」

言われてキロリはコピーを取る。

「じゃ、あたし帰るわ。どーもアリガトねっ、アンリ様。ばいばーい」

手を振りながら出ていった立花夜美を、キロリとアンリは呆然と見送った。

「……聞かなかったな。宗滋の不倫のこと」

「なんでアンタが聞かなかったのよ！」

「お前が聞けばいいだろ！」

「いやーよ！」

立花夜美は、普通に〝会計占い〟をしに来ただけだった。決まりどおり、確定申告書の一枚目だけを持って。

悩みを聞いても、「ネットショップの経営がうまくいかないから、運勢を見てほしいんだけどお」としか答えなかった（注1）。

たしかに事業の収入は300万円ほどあったが、所得は3万円しかなく（注2）、儲かっているとは言いがたかった。

それよりも気になるのは、高橋紹子のことに一切触れなかったことだ。

「ねえー、もしかして単なる偶然だったのかもよ」

「愛人が来た翌日に、本妻らしい夜美が現れたのが？　……まさか、ありえない」

アンリが確定申告書のコピーを見直した。

（注1）立花夜美がOLをしているだけなら確定申告をする必要はない。しかし、ネットショップ経営という副業をしているので確定申告をしなければならないのである。
（注2）確定申告書の第一表でいうと、左側の中ほどにある「所得金額・事業・営業等」をご覧いただきたい。

確定申告書B　第一表

収入金額等	事業	営業等	3,015,832
	事業	農業	
	不動産		
	利子		
	配当		
	給与		2,940,000
	雑	公的年金等	
	雑	その他	
	総合譲渡	短期	
	総合譲渡	長期	
	一時		
所得金額	事業	営業等	33,509
	事業	農業	
	不動産		
	利子		
	配当		
	給与		1,878,000
	雑		
	総合譲渡・一時		
	合計		1,911,509
所得から差し引かれる金額	雑損控除		
	医療費控除		
	社会保険料控除		310,860
	小規模企業共済等掛金控除		
	生命保険料控除		
	地震保険料控除		
	寄附金控除		
	寡婦、寡夫控除		
	勤労学生、障害者控除		
	配偶者控除		
	配偶者特別控除		
	扶養控除		
	基礎控除		380,000
	合計		690,860

税金の計算	課税される所得金額		1,220,000
	上に対する税額		61,000
	配当控除		
	住宅借入金等特別控除		
	政党等寄附金特別控除		
	住宅耐震改修特別控除		
	電子証明書等特別控除		
	差引所得税額		61,000
	災害減免額、外国税額控除		
	源泉徴収税額		59,350
	申告納税額		1,600
	予定納税額		
	第3期分の税額	納める税金	1,600
	第3期分の税額	還付される税金	
その他	配偶者の合計所得金額		
	専従者給与額の合計額		
	青色申告特別控除額		
	雑所得・一時所得等の源泉徴収税額の合計額		
	未納付の源泉徴収税額		
	本年分で差し引く繰越損失額		
	平均課税対象金額		
	変動・臨時所得金額		
延納	申告期限までに納付する金額		
	延納届出額		

「普通に考えたら夫婦だが、なぜか立花夜美も世帯主となっている。……なにか怪しいな。どうもこの件はよくわからない。この申告書にしたって特におかしなところはない……だが、このタイミングで立花夜美がここに来た理由が、必ずなにかあるはずだ。どうするか……」

「まあ、萌実ちゃんならこう言うね」

二人の声がそろった。

「会計は伝票で起きてるんじゃない、現場で起きているんだ！」

3.

とりあえず高橋紹子の家に行ってみようと二人で歩いていると、キロリの携帯電話が鳴った。

「あ、萌実ちゃんだ……もしもし？」

「もうー、どこに行っちゃったの？　部室に戻ったら誰もいないんだもの」

キロリはこれまでのあらましを説明した。

「あら、そんなことになっていたの。ふーん……ね、キロリちゃん、昨日の彼の申告書を、もう一度見直してみなさい。藤原萌実のカイケー語録、その二『小さな数字には小さな理由、大きな数字には大きな理由』ってね！」

「ちょっ、萌実ちゃん！　……あーあ、切れちゃった。意味わかんないし」

ぶつぶつ言って電話を切ると、横でアンリが立花宗滋の申告書を出していた（注３）。どうやら聞こえていたらしい。

「大きな数字には大きな理由……か。おいキロリ、お前が昨日、寄附金控除に注目したのはなぜだ？」

「なんでって、金額が大きかったから。雑損控除もよくわかんない項目だなーと思ったんだけど、５万円だよね。それに比べて寄附金控除は11万円だから、やっぱ金額の大きいほうが気になるじゃん、普通」

「……たしかに寄附金控除と雑損控除に注目したのは正しい。どちらも年末調整では行われないから、会社員自身が確定申告をしなければいけない項目だ。しかし、お前は金額の大小を間違えたな」

「へっ、なんで？」

「申告書に書かれた寄附金控除は11万５０００円だが、税務計算上、寄附金控除は５０００円が引かれるだけだから実際に寄付した金額は12万円。もう一方の雑損控除は申告書上は５万１６００円だが、税務計算上、雑損控除は合計所得

（注３）65ページ参照。

（368万4000万円）の10％が引かれるから実際は……42万円ということになる（注4）」

「えーっ、そうなの？　じゃあ全然、盗難された金額のほうが大きいじゃん」

「そういうことだ」

「ふーん。そしたらさ、萌実ちゃんが言った『大きな数字には大きな理由』どおりってことだね。大きな数字の雑損控除から浮気を推理したんだもんね」

「……違う」

「えっ？」

「たぶん、違うんだ。少なくとも先生はそう思ってる」

「うーん……」

「大体において、42万円もの盗難って一体なんだ？」

「そうだなあ……盗難って言えば、やっぱ宝石？」

「……お前の頭の中はルパン三世か。まあ、男だから時計とか現金とかパソコンあたりだろうな、普通は」

「でも、宗滋さんは夜美さんのところに住んでるわけじゃないんでしょ？　パソコンなんて置きっぱなしにするかな」

「そう、そこが問題だ。盗難があったのは立花夜美の家だ。それなのに彼女の申告書には雑損控除なんてない。つまり盗難の被害にはあっていない……家の主《あるじ》なんだか

（注4）寄附金控除の計算式は78ページ、雑損控除の計算式は76ページを参照。

ら、普通なにかひとつぐらい盗まれるだろ？」

「うーん、どうやら普通を基準にしちゃいけないみたいだね」

そんなことを話しているうちに高橋紹子のマンションに着いた。インターホンを鳴らすと、怒りの形相の紹子が勢いよくドアを開ける。

「聞いてよアンリ様！　あの人、実は結婚していたのよ！」

思いっきりキロリを見ながら言う。

キロリを会計占いのスペシャリスト、アンリ様だとカン違いしたままなのだ。

「あー、ゆうべ電話で聞きました……」

キロリはそう答えるしかなかった。

「とりあえず、あがって」

言いながらドアを大きく開けた紹子が絶句した。キロリたちが振り返ると、背後にひょろりと背の高い男性が立っていたのだ。

「紹子さん、ただいま……」

「宗滋さん」

立花宗滋だった。

4.

ローテーブルの四辺にはそれぞれ、キロリ、アンリ、高橋紹子、立花宗滋が座った。不倫の修羅場に立ち会うなどごめんだったが、紹子に頼まれて、キロリはちょっと、アンリはかなり嫌々ながら同席することになってしまったのだ。

　気の弱そうな宗滋がおずおずと口を開く。

「あの、紹子さん。昨日はごめんね、怒らせちゃって……」

「当たり前よ。結婚していただなんて、信じられない！」

「だ、だ、だからそれは誤解だよ。ぼ、僕がそんな嘘のつける男に見える……？」

「なに言ってるのよ。相手の名前は立花夜美だって、あなた自分で言ったんでしょ⁉」

「だって紹子さんが、盗難にあったのは誰の家なんだって聞くから……」

「聞いちゃ悪いの⁉　まさか奥さんがいたなんて……！」

「ち、違うよ紹子さん、違うんだ。僕は結婚なんてしていない」

　興奮して泣き出した紹子を見て、宗滋はオロオロする。

「紹子さん、落ち着いて。ね？　ちゃんと話すから聞いてほしいんだ」

　修羅場の横で、アンリがぼそりと言った。

「……帰りたいな」

「……帰りたいね」

キロリもため息をつくが、二人の修羅場はまだ続く。

「奥さんじゃないんなら、立花夜美っていうのは、一体どこの誰なのよっ」

「だから、彼女はいとこなんだ」

「はぁ？　いとこ？　なんでいとこの家に真夜中に行くのよ。お、お、お、女なのに！」

紹子がキレるのも無理はない……と思っていたら、紹子がいきなりキロリを見た。

「アンリ様だってそう思うでしょ⁉」

「えっつ……ていうか、こんなときになんなんですけど、あたし本当はアンリ様じゃないんです。本物のアンリ様はこっちです！」

アンリをびしっと指差すと、紹子はそちらに顔を向けた。

「じゃあこっちのアンリ様！　ねえ、そう思うでしょ？　いとこ同士だって、夜中にひとつ屋根の下にいたらおかしいわよね⁉」

「……そうだな。日本ではいとこ同士は結婚もできるし」

「ほらっ！　いとこなんて他人の始まりなんだからっ！」

紹子がわああ、と泣き崩れたとき、アンリがバンとテーブルを叩いた。

「その立花夜美さんが、今日うちの会計探偵クラブに来た」

「えっ」

宗滋と紹子の二人が声をあげる。

「相談内容はネットショップの経営についてだったが、これはどういうことだ？　立花宗滋さん」

「さあ……たしかにゆうべ、夜美にこの一連の話をしたけど……なぜきみたちのところに？」

「俺が聞いているんです」

あからさまにむっとして答えるアンリに、倍も年上の宗滋は気おされたようだった。思わずキロリは口をはさんでしまう。

「あのっ、立花さん。なにか隠していること、ない？」

「えっ？」

「それじゃなきゃ、紹子さんもこんなに誤解しないと思うんだけど。たしかになんか腑に落ちないっていうか……こうしてあたしたちも巻き込まれちゃってるし、この際ハッキリ言ってほしーんですけど」

「……」

宗滋はしばらく黙っていたが、やがて意を決したように顔を上げた。

「……わかった、言うよ。僕はね……ずっと夜美の仕事を手伝っていたんだ」

「ネットショップの仕事を？」

　アンリが聞く。

「そう、ウェブまわりとか……」

　宗滋がおずおずとアンリを見ながら答えた。

「報酬は？」

「月1万円。年間で12万……」

「少ないな」

「夜美がどうしても払うって言うから……形だけなんだ」

「領収書は？」

　宗滋は隣の部屋からファイルを取ってきて、そこから複写式領収書の控えを出した。

　アンリが手に取ったそれをキロリも覗き込む。たしかに『￥8,000』や『￥11,000』などと書かれていた。

「僕は別にお金とかいらなかったんだ。だから、このお金はそのまま地元のＮＰＯに寄付したんだよ（注5）」

「なるほど、だから年12万円の寄付金が申告書に載っていたのか。しかし、だとした

（注5）寄付のすべてが寄附金控除として使えるわけではない。国、地方

らあなたの確定申告は間違っている」

「えっ」

宗滋が目を見開く。

「キロリ、わかるか？」

「えっ、あたし!?　……ええーっと、ええぇーっと……あ、収入がもれてる？」

「そうだ、本当は『雑所得』もしくは『事業所得』に12万円と書かなければならない。ま、違法だが税務署も気づきにくいところだな」

言いながらパラパラと領収書の控えをめくっていたアンリの目が、徐々に険しくなった。

どうしたんだろう、とキロリが思ったところでまた宗滋が話しはじめた。

「僕と夜美の関係は、本当にそれだけなんです」

「では、この雑損控除は？　42万円もの損とは、おだやかじゃない」

アンリが聞く。

「それは……夜美のマンションに空き巣が入って、ちょっと僕の貴重品も……」

「なぜあなたの貴重品が親戚の家に？」

「それは……預ってもらっていたんです」

「どんな貴重品を？」


公共団体、独立行政法人や日本赤十字社などの公的機関、そして、国税庁長官から認定されたNPO法人（認定特定非営利法人）などに対する寄付でなければならない。79ページ参照。

「……それは……」

宗滋が口をつぐみ、ふたたび重苦しい空気が流れた。

紹子がしくしくと泣き出すと、アンリは大きくため息をついた。そしてキロリの腕をつかんで立ち上がる。

「行くぞ」

「え？　でも……」

「あとは二人の問題だ。俺たちには他に行くところがある……そうだ、最後にひとつ聞きたい」

アンリは宗滋に向かって言った。

「なぜ確定申告を？　盗難の雑損控除なんて、普通気づかないと思うが？」

「ああ、それは……夜美から聞いたんだ。申告したら還付金がもらえるって。彼女、一応経営者だし、こういうことにくわしくて」

「フッ、なるほど。たしかに答えは現場にあったな――」

5.

それから二人で立花夜美の家へと向かった。

「わあ、かっこいいマンション」

「デザイナーズってやつだろう。おい、押せ」

命令されてインターホンを押す。夜美は驚きながらも二人を通してくれた。

「やだあ、一日に二回も会うとは思わなかったわあ」

「俺もですよ」

キロリとアンリはリビングに通された。ソファに座ってすぐ、アンリが切り出す。

「立花夜美、脱税（注6）しているな」

夜美は一瞬驚いた顔をしたが、不敵に笑った。

「へぇ〜、証拠は？」

「俺の手許にはない。だが、アンタは持っているだろう？　偽造した領収書を」

「偽造⁉」

キロリは思わず声をあげる。

「立花宗滋の家で領収書の控えを見ただろ？　あの控え、全部『¥』と『8,000』『11,000』などの数字の間に空白がやたらとあった。その空白に数字を入れると『¥98,000』で

（注6）脱税とは、別に税務署から逃げ回ることではない。計算をごまかして、税金を安く見せかけることである。その方法は、「収入を隠す」か「経費を水増しする」か、どちらかしかない。もちろん、犯罪行為である。

も『¥211,000』でもなんにでもなる」

「そーいえば……」

「立花夜美、アンタの確定申告書を見ておかしいとは思っていた。収入金額が300万円で所得金額が3万円では、副業をしている意味がない。そして、所得が3万円しかない副業に手伝いはいらない。最初はただのバカかと思ったが、盗難の雑損控除を知っているぐらいには税金に詳しいとなると、話は別だ。つまり、税金を減らすために手伝いを雇った、という推理が成り立つ」

キロリは驚いた。

「じゃあ、立花宗滋さんは利用されたってこと?」

「ああ。税金を減らす方法は『収入を隠す』か『経費を増やす』のどっちかだ。毎月『¥ 8,000』といった領収書をきってもらって、それを『¥98,000』に書き換えたら、経費が簡単に月9万円増えることになる。その分、所得が減り、税金が減る（注7）」

「ふーん、それで? 税務署にでもチクるわけぇ?」

まったく悪びれずに言う夜美に、アンリは瞬きをした。

「……そうか。そういえばどうするんだろうな」

「ええっ」

キロリは思わず声を上げた。

（注7） 税金の計算式を簡単に言うと、「収入－経費－控除＝所得」「所得×税率＝税額」である。そのため、経費が増えれば所得や税金は減る。

「実際に脱税を見つけたときのことまで考えていなかった」

「アンタねえ」

「……だったらさあ、見逃してよ」

夜美が腕組みしながら言う。

「さあ、どうするかな……まあ、それは顧問に任せるとしよう。あれで現役の会計士だからな。……それより立花夜美、会計探偵クラブに来たのは、なぜだったんだ？」

アンリが思い出したように聞く。

「……宗滋の申告書を専門家に見せたって聞いて、あたしの脱税トリックがバレてやしないか不安になったわけ。で、たしかめたくて行ったの。結果はヤブヘビみたいだったけどお」

そこまで言って、夜美はふとなにかに気がついたような顔をした。

「そういえば、宗滋から〝会計占いのスペシャリスト・アンリ様〟は女の子だって聞いてたのに、男だったのねー」

「それは……高橋紹子がカン違いしたんだ。俺の本名は白百合安利で、こいつの本名が白百合杏莉だから」

「えっ、なんで苗字が一緒なの」

「親戚だからな」

「へえ、親戚なんだ……。ね、結婚したいと思ったこと、ない？」

「はあ？」

キロリとアンリの声が重なった。ついで、顔を見合わせる。それからプイとアンリが顔をそむけた。

「……あるか、そんなこと」

「でも、これから先はあるかもよお。そんで、片方は好きでも、片方は親戚としか思ってなかったりするわけ」

その様子を見て夜美が少し笑う。

「……それは、あんたたちの話か」

「そーよ。あーあ、余計なおしゃべりしちゃったあ……まあいっか。ついでだから教えてあげるよ。キミの推理はね、半分間違い。あたしは税金を減らすために宗滋を雇ったわけじゃないんだよー。彼が好きだったから、手伝ってもらっていたの」

「……半分当たっているということは、脱税したことは認めるんだな」

「まーね、あたし、前にヤバい会社の経理にいたからそういう知識だけはあるんだ～。領収書を加工して税金をギリギリまで減らす、とかねっ」

「……結局、この件は脱税と恋愛問題が絡んでいたからわかりにくかったのか」

アンリがため息をついた。

脱税はよくないが、キロリは少し夜美が可哀想になった。

「……夜美さんは、本当に彼のことが好きだったんだね」

思わず言うと、夜美が苦笑した。

「うん。小さい頃からずーっとね。だからいろいろ頑張ったのに、結局宗滋は別の人を選んじゃった。あたしのことはまったく眼中になかったみたい。他の女のための婚約指輪をあたしに預けるくらいだしー」

夜美がケラケラと笑いながら言うと、アンリがガタッと椅子を鳴らした。

「指輪……そうか、そういうことか！」

「えっ、なになに、どういうこと？」

キロリには意味がわからない。

「雑損控除42万円、だな？」

「ふふ、同棲しているから絶対に見つからないようにあたしに預けたい、なんてヒドイ話だよね～。ま、盗まれちゃったけどぉ」

「だから立花宗滋は歯切れが悪かったんだな。プロポーズを秘密にしたかったのか、指輪を盗まれたことを隠したかったのか……」

「両方じゃないのお？」

夜美はまた笑った。

キロリにもやっと意味がわかったが――なんだかおかしい、と思った。

アンリも言っていたとおり、夜美に被害がないのがそもそもおかしい。かっこいいマンションに住んでいるんだから夜美だって貴金属くらい持っているだろうに、そんなに都合よく宗滋の婚約指輪だけ盗まれるものだろうか。

「……ウソだ」

「キロリ？」

「夜美さん、もしかして盗んだのは、あなたじゃない？　盗んだっていうか、隠した？」

夜美は一瞬目を瞠《みは》ったが、すぐにニヤリと唇の端をあげた。

「証拠は？」

「ない。オンナの勘」

言い切ると、夜美はおかしそうに笑った。

「いやーね、だから女って嫌よお。男どもはこんなに鈍いのにねー」

鈍いと言われたアンリがむっとしたように聞く。

「指輪はここに？」

「ううん、実家の物置。最近この辺に空き巣が多かったからぁ、うちにも空き巣が入って指輪が盗まれた、ってことにしたんだー」

「なぜ雑損控除のことを彼に？」

「だって、宗滋がとっても落ち込んでいたからぁ、ちょっとでもお金が戻ってくる税金テクを教えてあげようと思って。少しはあたしのこと見直すかなーってサ。まあ、そんなこと全然なかったんだけどねー」

夜美はケラケラと笑う。キロリはなんだか悲しくなった。

「……夜美さん、指輪、返してあげようよ」

「うーん、そうだなー。盗まれたのはカン違い、ってことにして宗滋に返すかぁ。彼が選んだのはあたしじゃないってことは、もう嫌ってほどわかっちゃったし」

「え？」

「ゆうべ、家を出たって電話で聞いたから、あたしのうちにおいでよって言ったんだけど、一晩中待ってもこなかったんだあ。さみしかったー。泣いちゃった、けっこう」

苦笑する夜美を見て、キロリは複雑になった。オトナの恋愛って難しい。

「だから、もうゲームオーバー。ジ・エンド」

「……」

「ね、指輪を隠したこと、宗滋には言わないでくれる？　そしたら税務署にはちゃんと修正申告するからサ（注8）」

（注8）　修正申告とは、確定申告をした後で修正を入れてもう一度申告し直すこと。税務調査で誤りを指摘されて行う場合は過少申告加算税がペナルティとして科されるが、自主的に行う場合はペナルティが科されない。税額が少なすぎた場合はこの「修正申告」で、税額が多すぎた場合は「更正の請求」という手続きをする。

「……わかった」

アンリが答える。

「じゃ、他に質問がなかったら、もう帰ってくれるかなあ」

追い立てられるようにして部屋を出る。

キロリは、なんだかおかしいと思ったことが実はもうひとつあったのだが、言い出す機会を逸してしまった。

――『私たち結婚しました』というハガキが立花宗滋・紹子からとどいたのは、半年後の話である。

6.

芙藍学園へと戻ると萌実が待っていたので、一通り説明する。

「ふーん。ま、いいんじゃない。じゃ、今度こそ調書に残しておいてね」

萌実にそう言われてアンリはパソコンを立ち上げた。キロリは気になっていたことがあったので、萌実にもらった『なるほど！税金講座』をパラパラとめくる。

「いろいろあったが、やはり俺様の活躍で解決したな。完璧だ、パーフェクトだ」

牛乳を飲みながら満足そうにアンリが言った。

「そうかなぁ」

「なんだ、この俺の推理にケチをつけようというのか、キロリ」

「いやさ、ずーっと引っかかっていたことがあるんだけど」

「なんだ？」

「ここの69ページの注4を見てよ」

「ん？」

「こう書いてあるよ。『雑損控除は生活に通常必要な資産が災害、盗難、横領で損害を受けた場合が対象である』って」

「それがどうした」

「婚約指輪って、『生活に通常必要な資産』なのかなぁ」

「……」

「ピンポーン、するどいっ！」

突然萌実が入ってきた。

「……どういうことだ、先生」

「アンリくんはねえ、ツメが甘いのよ。通常は必要な資産って言えば、住宅・家財・

衣類・家具とかじゃない。キロリちゃんの言うとおり貴金属は雑損控除の対象外よ。あー、いつ指摘してやろうかとウズウズしちゃったわ！」

「じゃあ先生、立花夜美は……」

「誤解してたってわけ。素人の浅知恵は怖いわねー。だからアンリくんはね、『婚約指輪では雑損控除は使えません』と夜美さんと宗滋さんに指摘しなきゃいけないのよ」

「そ、そんなバカな」

「キロリちゃんはよく気づいたわね」

「えへへ、昨日雑損控除のところ復習しておいたから」

「やっぱりアンリくんとキロリちゃん、二人そろわないと完璧にはならないね。まあ、それが夫婦ってものよ」

「だから違うって！」

アンリとキロリは同時に叫んだ。

萌実はクスクス笑って言った。

「――ほら、息ぴったりじゃない」

立花夜美は、普通に〝会計占い〟をしに来ただけだった。決まりどおり、確定申告書の一枚目だけを持って。

悩みを聞いても、「ネットショップの経営がうまくいかないから、運勢を見てほしいんだけどお」としか答えなかった。

たしかに事業の収入は300万円ほどあったが、所得は3万円しかなく、儲かっているとは言いがたかった。

＊

「なんでって、金額が大きかったから。雑損控除もよくわかんない項目だなーと思ったんだけど、5万円だよね。それに比べて寄附金控除は11万円だから、やっぱ金額の大きいほうが気になるじゃん、普通」

「……たしかに寄附金控除と雑損控除に注目したのは正しい。どちらも年末調整では行われないから、会社員自身が確定申告をしなければいけない項目だ。しかし、お前は金額の大小を間違えたな」

〈第2話　p.95、p.98より抜粋〉

なるほど！税金講座 5

サラリーマンが確定申告をしたほうがいいケースは意外とある

収入がある人なら誰でも、1月1日から12月31日までの1年間の収入と経費を計算し、税額を確定して申告しなければなりません。しかし、いくら教育レベルが高い日本とはいえ、みんなが自分の税額を正しく計算して申告するのは難しいでしょう。もっと言うと、その税額が正しいかどうかをチェックする税務署側の労力も、大変なことになります。

そこで日本の場合、給与をもらっている人は、会社が代わりに税額を計算して確定申告をしてくれる制度になっています。

会社による計算作業はだいたい12月に行われるので、この制度を

「年末調整」と呼びます。

これにより、サラリーマンをはじめとする大多数の労働者は自分の税金の計算作業から解放されます。そして、税務署も、計算レベルに差がある個人が算出した税額よりも、一定のレベルが期待できる会社が算出した税額のほうが信頼できるので、チェックが楽になります。

では、会社はなにを計算しているのでしょうか？

もう一度、税金の絶対公式を見ますと、

（収入－経費－控除）×税率＝税額

ですが、ここでいう収入とは給与のことなので、ボーナスも含めた一年間の給与の合計額が当てはまります。

経費は会社員の場合、「給与所得控除」（注1）という、税法によっ

（注1）「控除」という名がついているが、これまでに説明した所得控除や税額控除とは別物である。講座10で詳しく紹介する。

て大まかに決められた経費、すなわち概算経費が既に存在するので難しい計算は必要ありません。

会社員の場合

（年間給与－概算経費－控除）×税率＝税額

問題は控除です。

控除は「人それぞれの事情をくみ取った配慮」ですが、会社でも各個人の家庭の事情までは把握していないことが多いです。

そのため、会社は次のページにある「給与所得者の扶養控除等（異動）申告書」（通称、マル扶《ふ》）や「給与所得者の保険料控除申告書兼給与所得者の配偶者特別控除申告書」（通称、マル保）という用紙を社員に提出させます。

ここには自分が養っている人（妻や夫、子供など）や自分が支払っている生命保険（自分の名義でなくてもＯＫ）などを書かせます。

給与所得者の扶養控除等（異動）申告書

平成22年分　給与所得者の扶養控除等(異動)申告書

給与の支払者受付印　（扶）

この申告書は、あなたの給与について配偶者控除や扶養控除、障害者控除などの控除を受けるために提出するものです。
この申告書は、控除対象配偶者や扶養親族に該当する人がいない人も提出する必要があります。
この申告書は、2か所以上から給与の支払を受けている場合には、そのうちの1か所にしか提出することができません。

所轄税務署長				
税務署長	給与の支払者の名称（氏名）	株式会社 豊臣	(フリガナ) あなたの氏名	マエダ トシイエ 前田利家 ㊞
	給与の支払者の所在地（住所）	大阪市中央区大阪城1-1	あなたの住所又は居所	(郵便番号 -) 石川県金沢市丸の内1-1

あなたの生年月日	世帯主の氏名	あなたとの続柄	配偶者の有無
昭和40年3月3日	前田利家	本人	㊒・無

あなたに控除対象配偶者や扶養親族がなく、かつ、あなた自身が障害者、寡婦、寡夫又は勤労学生のいずれにも該当しない場合には、以下の各欄に記入する必要はありません。

主たる給与から控除を受ける

区分等	氏名	あなたとの続柄	生年月日	老人控除対象配偶者又は老人扶養親族（昭16.1.1以前生）	特定扶養親族（昭63.1.2生〜平7.1.1生）	職業	住所又は居所	平成22年中の所得の見積額	異動月日及び事由（平成22年中に異動があった場合に記載してください。）
A 控除対象配偶者	前田まつ		明・大・㊣・平 45・7・9			主婦		円	
B 扶養親族 1	前田利長	長男	明・大・昭・㊥ 9・2・15	同居老親等・その他		学生			
2	前田慶次	甥	明・大・昭・㊥ 1・10・10	同居老親等・その他	○	無職			
3			明・大・昭・平 ・ ・	同居老親等・その他					
4			明・大・昭・平 ・ ・	同居老親等・その他					
5			明・大・昭・平 ・ ・	同居老親等・その他					

C 障害者等

障害者、寡婦、寡夫又は勤労学生の事実
（該当する欄等に○を付け、（ ）内には該当する扶養親族の人数を記入してください。）

1 障害者

区分＼該当者	本人	配偶者	扶養親族
一般の障害者			（ 人）
特別障害者			（ 人）
同居特別障害者			（ 人）

2 寡婦
3 特別の寡婦
4 寡夫
5 勤労学生

左記の内容（この欄の記載に当たっては、裏面の「3 記載についてのご注意」の(2)をお読みください。）

異動月日及び事由（平成22年中に異動があった場合に記載してください。）

D 他の所得者が控除を受ける扶養親族等

氏名	あなたとの続柄	生年月日	職業	住所又は居所	異動月日及び事由	控除を受ける他の所得者 氏名	あなたとの続柄	住所又は居所
		明・大・昭・平 ・ ・						
		明・大・昭・平 ・ ・						

E 従たる給与から控除を受ける扶養親族等

氏名	あなたとの続柄	生年月日	職業	従たる給与の支払者 名称（氏名）	所在地（住所）
		明・大・昭・平 ・ ・			
		明・大・昭・平 ・ ・			

◎ この申告書及び裏面の「申告についてのご注意」等は、平成21年9月1日現在の所得税法等関係法令の規定に基づいて作成してあります。
◎ 「主たる給与」とは、この申告書を提出した給与の支払者から受ける給与をいい、「従たる給与」とは、それ以外の給与の支払者から受ける給与をいいます。
◎ 控除対象配偶者が老人控除対象配偶者に該当する場合には「老人控除対象配偶者又は老人扶養親族」欄に○印を付けてください。
◎ 扶養親族が老人扶養親族に該当する場合には、その老人扶養親族が同居老親等に該当するときは同欄の「同居老親等」の文字を、同居老親等以外の老人扶養親族であるときは「その他」の文字を○で囲んでください。また、扶養親族が特定扶養親族に該当する場合には、「特定扶養親族」欄に○印を付けてください。
◎ この申告書の記載に当たっては、裏面の「申告についてのご注意」等をお読みください。

つまり、これらを書かせることによって、会社は配偶者控除や生命保険料控除の金額を知ることができ、正確な年末調整をすることができるのです。

しかし、会社でも把握できない控除があります。それが小説でも出てきた**雑損控除**や**寄附金控除**です。これらはプライバシーに関わる事項でもあります。

災害・盗難にあったり、寄付をした人は、「年末調整」では調整しきれないことになるので、自分で確定申告をする必要があります。

医療費控除や**住宅ローン控除（最初の年のみ）**も会社が把握できない控除なので、同様です。

所得を減らしてくれる「控除」を申告するので、基本的に税額は安くなります。

確定申告をすれば税金が還ってくる会社員

・雑損控除がある人
・医療費控除がある人
・寄附金控除や政党等寄附金特別控除がある人
・住宅ローン控除がある人（最初の年のみ）
・中途退職したまま再就職しなかった人
・「給与所得者の扶養控除等（異動）申告書」などをちゃんと書かなかった人
・「給与所得者の扶養控除等（異動）申告書」などを提出後に家族が増えたりした人

なお、これまで会社員の話をしてきましたが、派遣社員は？　フリーターは？　と気になった方もいるでしょう。

正社員でない派遣社員やパートやアルバイトでも「給与」をもらうことには変わりないので、年末調整はしてもらえます。

しかし、ふたつ以上の会社から給与をもらっている人は、（計算をする会社が、その人の他社からの収入を知っているわけがないので）会社の計算が必然的に間違ってしまいます。この場合は自分で改めて確定申告をしなければなりません。

また、会社とは別に副業をしている人も同様に確定申告が必要です（小説に出てきた立花夜美はこのケースです）。

確定申告をしなければならない会社員

・給与収入が２０００万円を超えている人

・給与所得や退職所得以外の所得の合計が20万円を超える人（副業がある人）

・給与を２カ所以上からもらっている人

さて、１年間の所得を翌年２月16日から３月15日までの間に確定申告した後は、申告書に書いた税額を実際に支払います。

払う相手先は税務署です。

しかし、税務署の人が徴収しに来るわけでも、請求書が届くわけでもありません。自分で「領収証書」と書かれている紙に金額を書いて、3月15日までに金融機関の窓口や税務署で支払うのです。

振替納税といって、銀行などの口座からの自動引き落としを選択することもできます。この場合は、所定の依頼書を確定申告と一緒に税務署に提出するか、銀行などに提出します。

それでは、確定申告を自分でしていない会社員はどのようにして税金を払っているのか？

それは毎月の給与の中から天引きされて、いつの間にか税務署に支払われているのです。

誰が勝手にそんなことを？

もちろん、会社です。経理部や人事部が頑張って作業をしています。この制度を「**源泉徴収**」と言います。会社による源泉徴収は、

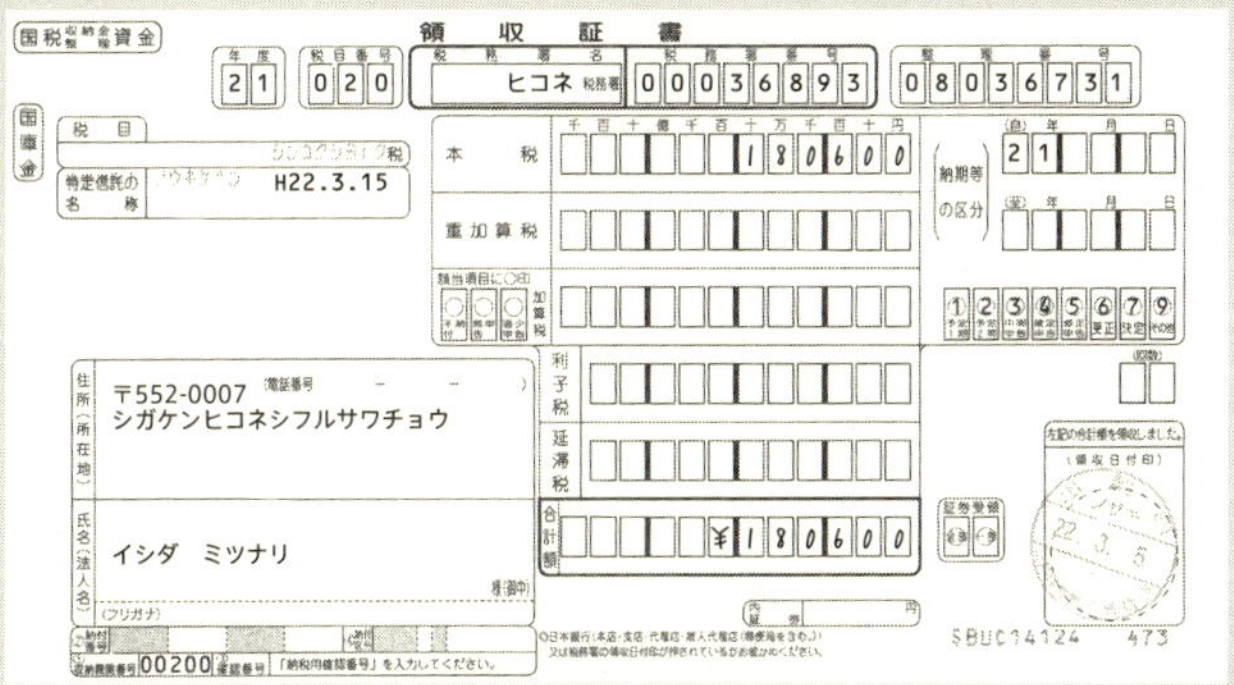

給与のときの天引きだけでなく、弁護士など専門家への報酬や作家への印税、タレントのギャラなどでも行われています。

給与の場合、会社は毎月少し多めに天引きして、原則12月に1年分の税額を計算し直してちょっと戻しています。この12月に行われる**「1年分の税額を計算し直す」作業こそが、「年末調整」**なのです。

「12月のお給料は年末調整が入っているから、いつもより少し多いんだ」

と嬉しげに話す人もいると思いますが、その年末調整の正体は、

1. 確定申告をしない代わりに会社がしてくれる税額の計算

であり、

2．1月から11月の間に少し多めに天引きしていた税額を、12月に再計算して多かった分は戻す作業

なのです。もちろん人によっては、「12月はいつもより多く天引きされた」という人もいるでしょう。それも「年末調整」による税金の再計算の結果なのです。

国などの徴税側の立場から見ると、年末調整・源泉徴収は次のように捉えられます。

年末調整　税金の計算を会社に押しつける仕組み。
源泉徴収　税金の後払いが信用できない個人に対して、会社を使って先払いに変えてしまう仕組み（敷金・手付金と同じ）。また、年末調整の結果、後で返金することで喜ばせる。

なるほど！ 税金講座5

まとめ

【申告】

一般　→ 確定申告 → 控除は自分で申告書に記載する

会社員 → 年末調整 → 配偶者控除や生命保険料控除などの金額を会社に知らせる

→ 雑損控除・医療費控除・寄附金控除・住宅ローン控除があった場合は自分で確定申告をする

→ 還付金がもらえる

【納税】

一般　→ 確定申告 → 現金納付・振替納税・電子納税など

会社員 → 年末調整 → 源泉徴収（先払い）

「ああ。税金を減らす方法は『収入を隠す』か『経費を増やす』のどっちかだ。毎月『￥8,000』といった領収書をきってもらって、それを『￥98,000』に書き換えたら、経費が簡単に月9万円増えることになる。その分、所得が減り、税金が減る」

〈第2話　p.108より抜粋〉

なるほど！税金講座 6

税金を減らす方法

税金を減らす方法は、「収入を隠す」か「経費を増やす」のどちらかしかありません。これにより所得が減り、税額も減ります。

では、具体的にはどうするのでしょうか？

収入を隠すためには、現金収入を帳簿に載せなかったり、隠し口座を作ってそこに振り込ませたりします。

経費を増やすためには、架空の社員を雇ったり、プライベート用の高級車を会社の持ち物にしたりします。

これらはもちろん、脱税です。

小説で出てきたのは領収書の金額を増やす脱税であり、この方法を使えば、比較的簡単に経費を増やすことができます。領収書があれば経費として認められやすいので、誰かの領収書を買ってきて、自分の領収書にしてしまう人もいます（注1）。

しかし、税務調査が入った場合、怪しい領収書については反面調査（注2）といってウラを取られます。

税務調査とは、国税庁や税務署が、提出された確定申告書が正しいかどうか確認する作業のことです。税務職員が直接会社に来ることもあれば、納税者が税務署に呼び出されることもあります。個人の場合はたいてい「○月○日に税務署にいらしてください」というハガキが届きます。

税務調査は必ずしも定期的にあるわけではなく、いつあるのかは直前にならないとわかりません。

ところで、私は個人で事業をしている方から「知らず知らずに脱

（注1）　なお、偽の領収書を販売する「B勘屋」という専門業者も存在する。その名は、隠語で正規の領収書のことを「A勘定」、不正の領収書のことを「B勘定」と呼ぶことに由来する。

（注2）　反面調査とは、実際に税務職員が取引先まで出向くなどして調べること。不正を働いていた場合、追徴課税だけでなく、取引先からの信頼を損ねることにつながる。

税をしていたらどうしよう」という相談をよく受けます。

どういうことかというと、意図的な脱税ではなく、「領収書はちゃんとあるんだけど、これが本当に仕事の経費として認められるのか？　税務調査が入ったら、プライベートの経費だと認定されてしまうのではないか⁉」というグレーゾーンに対する不安です。

たしかに、仕事に絡むかもしれない人たちとの交際費、仕事でもプライベートでも使うパソコン、仕事なのか観光なのかあいまいな旅行など、どちらとも取れる経費はそれなりにあります。

この、仕事とプライベートの分け方については、一概に言えるものではないですし、法律で細かく指定されているわけでもありません。税務職員に尋ねても「ケース・バイ・ケースです」としか教えてくれないでしょう。自分自身で判断しなければならないのです。

では、なにを判断基準にすればいいのでしょうか？

私が先輩から教わった解決法は、次のようなものでした。

「他人にちゃんと仕事用だと説明できれば仕事、できなければプライベート」

説明次第ではなんでも仕事用の経費にできる、と思われかねないセリフですが、そうではありません。納税者には経費計上の根拠を説明する義務がありますので、その根拠があるかどうかが大事なのです。

ただ、どちらか迷うようであればとりあえず仕事用にしておいて、税務調査で指摘されたら謝って修正申告をする、という手もあります。

仕事用かどうか迷った経費を100として、そのうち50が認められなかったとしても、残り50は認められるのですから、過少申告加算税や延滞税といった追加コストを払ってもそれほど損ではありません。

追徴される税額のほかに次の税金を負担する必要がある（原則）

		納付税額に下の税率をかける
加算税	過少申告加算税（確定申告での税額が少なかった）	10%
	無申告加算税（そもそも確定申告をしなかった）	15%
	不納付加算税（源泉徴収の税額を納付しなかった）	10%
	重加算税（隠ぺい工作など悪質な脱税）	35%
延滞税	2カ月以内	年4～7.3%
	2カ月超	年14.6%

結局、会計も税金も微妙なところは、最終的に人が判断します。法律でも最終的には裁判官という人が判断するように、税金も税務職員という人が判断します。

そうなると、なにが○×の決め手になるかというと、裁判と同じく「説得力」です。

仕事用の経費になるかどうかは、それなりの証拠がものを言うのです。

なるほど！ 税金講座6

まとめ

税金を減らす方法

- 収入を隠す（売上隠し・隠し口座）
- 経費を増やす（架空経費・経費の公私混同）

仕事か私用か、経費の境目

→経費計上の根拠を説明できるか否か

→最終的に税務職員が判断

➡ 迷うようであれば、仕事用にしておいて税務調査での判断に従う

第3話

「マリイの秘密」

「三つの謎を見事解き明かしたら、このクラブにそれだけの存在価値があるのだと認めてやる。そうでなければ……解散だ！」

ある日あるとき。

会計探偵クラブの危機はいきなりやって来た——。

1.

六月。

「あっめあっめそーれそーれ、かぁささーんが〜」

キロリは鼻歌を歌いながら生産棟の階段を上っていた。

「でーんでん、むーんむん、か〜むたーっ」

りー。

と言おうとしたキロリが部室のドアを開けた状態で固まった。

人がいる。

ふわふわした綿菓子みたいな女の子が、読んでいた雑誌から目を上げて、ぼんやりとこちらを見ている。

「…………」

キロリはそのままパタンとドアを閉じた。

ドアノブを握り締めたまま固まっていたキロリは振り返って、

「わあ！」

大声をあげた。目の前に、男の子が立っていたのだ。

「キロリさんですね？　はじめまして、善笛流《ぜんふぇる》といいます」

「えっ、わわ、あの、キロリっていうか、白百合杏莉《あんり》です」

差し出された手を握り返そうとしたところで。

「笛流ぅ～？」

ゴン！

突然内側から開けられたドアに、キロリは思いっきり頭をぶつけた――。

2.

「で？　アンタたち、誰なのよ」

キロリはソファに座って後頭部をさすりながら言った。

「藤原先生から聞いていませんか？　今日からこちらのクラブに入ることになった、商業科一年の善です。どうぞ笛流、と呼んでください」

穏やかな微笑を浮かべながら、彼がもう一度自己紹介した。

「……萌実ちゃんからなんて、全然聞いてないし。で、こっちは？」

綿菓子少女のほうを見たら、なんとコックリコックリしていた。

「ちょっとおー、いきなり寝る⁉」

「ふえ？」

キロリの大声に目を覚ました彼女は、そのままぼんやりとキロリのことを見た。

「……えっとぉ～……よろしく？」

「挨拶してたんじゃないし！」

「キ、キロリさん、彼女は芸術科一年の羽藤毬衣《はねとうまりぃ》さんです。僕たち簿記部にいたんですが、彼女の希望があって、こちらに移ってきました」

「彼女の希望って……じゃあ、アンタはこっちの子のオマケ？」

「まあ、そんなようなものです。僕は、常に毬衣さんと一緒にいる運命ですから」

「えっ。そ、それってつきあってるってこと？」

キロリが驚くと、毬衣が眉間に皺を寄せた。

「違うよぉ、キロリちゃぁん」

「え、いきなりキロリちゃんて呼ぶ⁉　……まあいいけど……で、毬衣……ちゃんは芸術科でなにをやってるの？」

「えっとぉ、美術。油絵コースなのぉ」

「ああ、じゃあそのほっぺの青いしみは、アザじゃなくて絵の具なんだ」

「……えへへぇ」

笑った毬衣の頬を、笛流はそっと手でぬぐった。

「い、いいよぉ、笛流ぅ」

「毬衣さん、じっとしていてください」

…………。

なんなんだこの二人は。

3.

と、そこにアンリがやって来た。笛流と毬衣を見て驚く。

「なにしてるんだ、お前ら。簿記部の刺客か？」

「いえ、今日からこちらに入ったんですよ。アンリさん」

「笛流、お前が？　……そうか、それは助かるな」

「アンリくぅん、私もいるよぉ」

「お前自身に価値はないが、笛流をつなぎとめるのに役に立つ。歓迎するぞ、羽藤」

「ひどぉい」

親しげに話す三人を、キロリは呆然と見た。

「えっと……主将、知り合い？」

「当然だ。俺はこのクラブを立ち上げるまで、簿記部本体にいたんだからな」

「あ……そか」

芙藍学園の簿記部は有名だ。なんでも全国簿記コンクールとやらの常勝校だそうで、生産棟の四階は全部簿記部が使っている。この会計探偵クラブだって、簿記部の一部なのだ。

「しかし……簿記部のホープと言われたこの俺様が抜けて、次に有望だったお前までこっちに来たとなると、あの部長が黙っていないんじゃないか？」

「――よくわかっているじゃないか、アンリ」

いつの間にか、戸口にショートボブの女子が立っていた。

「だ、誰」

キロリは思わず口にした。今日は千客万来だ。

「…………自分が所属している部の部長も知らないのか？　呆れたものだな。私は真《ま》座《ざ》蘭《らん》、簿記部の部長だ、キロリ」

「どーしてみんな、いきなりキロリ扱いなの⁉」

「……なんだあれは」

蘭は、大きな作業机の上に置かれていたマンガ雑誌を手に取る。

「『月刊少年エーヌ』……そうか、このクラブではマンガを読むのが活動か。いいご身分だな、キロリ？」

「ちがっ、それは……も、萌実ちゃんかなぁ？」

「顧問からしてこの体たらく。本当にこのクラブは簿記部に巣くうガンだな」

と、そこに笛流が割って入った。

「でも部長、『月刊少年エーヌ』はとても面白いですよ。僕も大好きです。特に、野原ベルサイユさんの『格闘男神殿トリアノン』は、奇想天外なストーリーが秀逸で、伏線の張り方やどんでん返しのシャープさも……」

「笛流、そんなことは聞いていない。とにかく、こんなクラブなどあるだけムダだ。いや、ムダどころか障害だ。窓を開ければ他人を不快にさせる高笑いが突然聞こえ、それがおさまったかと思えば奇妙奇天烈な歌が聞こえる。これでは簿記部の練習にならん！」

「高笑い……アンタのせいじゃないのよ、主将」

「お前の微妙に間違った歌のせいじゃないか、キロリ」

「バカモノ、どっちもだ。アンリ、お前のハーッハッハッハという声がするたびに部員は胸がムカムカして体調が悪くなり、キロリの『あるー日、熊の中、森さんに出会った』などという歌を聴くたびに、森さんじゃねえ！　とツッコミを入れたくって入れたくって集中できなくなるんだぞ！」

「う、歌が嫌なら窓を閉めればいいじゃん！」

「お前らが静かにしていれば済む話だ。……笛流、こんなクラブのどこがいいんだ？」

「すみません、部長。毬衣さんが確定申告のことを知りたいというので」

「……原因はお前か、毬衣。確定申告のことなら、簿記部の優秀な先輩に尋ねれば学べるだろう」

「えへへぇ。だって、こっちのほうが裏技とかわかりそうだったからぁ」

「そんなことを知ってどうする？」

「だってぇ、税金って少しでも少ないほうがいいしぃ」

「……まるでお前自身が税金を払っているような言い方だな」

「えっ……あ……」

「毬衣さん、ダメじゃないか」

「どうしよう笛流ぅ、バレちゃったあ」

毬衣と笛流がごちゃごちゃやっていると、蘭が驚いた様子で言った。

「……なんだ、本当に税金を払っているのか。そうか……どうりで芸術科なのにせっせと簿記部に顔を出すと思った。確定申告をするのに必要だったからなんだな。毬衣、これでお前に関する謎がひとつ解けた」

高校生なのに消費税以外に税金を払っている、つまりそれなりの収入があるということに衝撃を受けるキロリだったが、アンリは別のところに反応した。

「ひとつ？　他にもまだあるのか、部長」

「そうだ。毬衣にはどうも謎なことが多すぎる。いつも異様に眠そうだし、芸術科なのにアザをよくこしらえてくる。おまけに確定申告までしているとなると、いったい陰で何をしているのやら」

キロリは、アザというセリフに驚いて毬衣を見た。そういえば、さっき笛流がぬぐっていた頬も青いままだし、よく見れば足にもいくつか青アザがある。

「毬衣、とにかく簿記部に戻るんだ。確定申告のことだったら、私が教えてやる」

蘭が毬衣の腕を取ろうとすると、アンリがそれを止めた。

「待て、部長。それは困るな。羽藤が戻ったら笛流もいなくなるじゃないか」

「こちらだって、お前がいなくなった上に笛流まで失うわけにはいかないんだよ、アンリ」

しばらく睨み合っていたアンリと蘭だが、やがて蘭がニヤリと笑った。

「……いいことを思いついたぞ、アンリ」

「なんだ」

「勝負をしようじゃないか」

「勝負？」

「この会計探偵クラブの実力テストみたいなものだ。お前が勝ったらこの二人を引き渡そう。負けたら即刻クラブを解散し、お前も笛流も簿記部に戻れ」

「……ちょっと待て。笛流や羽藤は、自由意志で会計探偵クラブに来たんだ。なぜいまさら勝負などしなければならない」

「そんなことを言っていいのか、アンリ？　お前たちはすでに私との約束を破っているんだぞ」

「約束？」

「会計探偵クラブ設立の条件だ。『簿記部には決して迷惑はかけない』と」

「ああ、たしかに約束したが、迷惑をかけた覚えは一切ない」

「お前、私の話を聞いていなかったのか⁉　お前たちの妨害電波にノイローゼ寸前の部員までいるんだぞ！」

「……」

アンリとキロリはお互いをじとっと睨み合った。

「……本来ならば、いますぐにでもクラブ解散を学校側に申請したいところだが、私もそこまで鬼ではない。だから、勝負をしようと言っているのだ。私の温情以外のなにものでもない」

蘭が言い切ると、アンリは舌打ちした。

「しかたない、勝って白黒はっきりつけてやる……で、勝負の内容は？　部長」

「簡単だ。このクラブの名のとおり、会計探偵としての能力を見せてほしい」

「ほう……推理対象は？」

「そうだな……では、毬衣の謎を解いてみせてくれ」

「羽藤の？」

「ああ。さっきも言ったとおり毬衣には謎が多い。一、なぜ常に眠そうなのか。二、なぜ怪我やアザが絶えないのか。三、一体なんの収入があるのか――この三つの謎を見事解き明かしたら、このクラブにそれだけの存在価値があるのだと認めてやる」

「…………」

「そして……そうでなければ解散だ！」

「ええぇ～、なぁんで私のヒミツが問題なのおぉぉぉ～」

とばっちりを受けた毬衣の叫びが部室にむなしくこだました。

4.

翌日、部室の隅でスケッチブックに絵を描いている毬衣を尻目に、キロリはひそひそとアンリに話しかけた。笛流はまだ来ていない。

「あのさぁ。笛流くんって、そんなに優秀なわけ?」

「ああ。簿記部に入部してきた時点で、簿記はおろか税務にもかなり精通していた。ま、この俺様の足元には百万光年も及ばないがな」

「アンタのことはいーから。それとさあ、なんで常にニコニコ笑ってるのかなー」

「さあな。それよりもいまは羽藤のことだ」

「そうそう、で、毬衣ちゃんはどんなコ?」

「羽藤は簿記初心者だ」

「アンタの人を見る基準って、簿記が中心なわけ?」

「……あとは見てのとおりだ。天然ボケで、笛流と異様に仲がいい。口癖は、えへへぇ」

「なんで科が違うのに仲良しなのかなー。やっぱりつきあってるんじゃないのお」

キロリが言うと、アンリがおいと毬衣に声をかけた。

「なぁにい？　アンリくん」

「お前、本当に笛流とつきあってないのか？」

「んー？　えへへぇ」

毬衣は笑うだけだった。

アンリがため息をつく。

「あいつは、えへへぇ星人かなんかか？」

「……幸せそうな星だね」

そのとき、ガラガラと窓を開ける音がした。

「やっぱり苦戦してるみたいねぇ」

「萌実ちゃん！」

窓から入ってきたのは、顧問の藤原萌実だ。萌実は屋上で昼寝したあとに、よく窓から入ってくる。

「聞いたわよ〜。解散の危機なんだって？　あーあ、せっかく私が立ち上げたクラブなのにな〜」

「……先生は俺をそそのかしただけで、なにもしなかったじゃないか。実際に立ち上げたのは、俺だ」

「そうだっけ？　それよりも毬衣ちゃん。この際教えてあげたら〜、あなたの秘密を」

「えへへぇ。嫌でぇす」

毬衣は当然断ったが、アンリはこの会話に驚いたようだった。

「ちょっと待て。先生は知っているのか？　羽藤の秘密を」

「もちろんよ。だって顧問だし」

「だったら教えてくれ」

「ふふっ、それはダメよ。私は簿記部の顧問でもあるんだから、真座さんの邪魔はできないでしょ」

「じゃあやっぱり羽藤が教えてくれ」

「でもぉ、誤解されちゃうと思うしぃ」

「誤解？」

「えへへぇ。だからイヤ」

「お前と話していると、俺はときどき自分を見失うぞ」

アンリが肩を落とすと萌実が笑った。

「だったら、毬衣ちゃんの確定申告書を見せてあげれば？　会計探偵クラブのルールどおりに第一表だけを。もしそれで見破れないようなら、それまでの実力だったたってことだから、解散もやむなしでしょ」

「えぇ〜、萌実ちゃん、その条件じゃあ私にはひとつもいいことないじゃなぁい」

毬衣が唇をとがらせる。

「じゃあ、もし見破れなかったら、今後あなたの確定申告書はアンリくんが一生タダで作るっていうのはどうかしら？　もちろん節税テクを超駆使して！(注1)」

「なるほどぉ。うーん、それはとっても助かるかもぉ」

「おい、先生。勝手に話を進めるな！」

「でもね、アンリくん。このままじゃ、手がかりすらつかめないでしょ。藤原萌実のカイケー語録その三『困ったら、資料をとりあえずもらっとけ！』」

「なんだその語録は。これまでに比べてクオリティーが低いぞ」

「実務に出たら実感するありがたいお言葉よ。で、この話に乗るの？　乗らないの？」

「……乗るさ。先生の言うとおり、行きづまっているからな」

「じゃあ、契約成立ね。毬衣ちゃんもいいわね？」

毬衣はしばらく考えてから、コクリとうなずいた。

萌実は微笑むと、鍵のついたキャビネットを開け、クリアファイルから一枚の紙を取り出した。

「これよ、毬衣ちゃんの確定申告書のコピー。確定申告している部員には、コピーの提出を義務づけることにしてるの」

（注1）節税は、法で認められたものの中から納税者にとって有利な方法を選ぶ行為なので、脱税とは異なり犯罪ではない。税務知識がある人は、「節税」の知識をよく求められる。

アンリが受け取ろうと手を伸ばすと、萌実はヒラリと申告書を後ろ手に隠した。そして、おもむろにそれを縦に折り、半分に切り裂く。

「先生、なにをする⁉」

「渡せるのは半分だけよ。それくらい難しくしないとつまらないでしょ」

萌実は半分をアンリに手渡した。

確定申告書Bの左半分

収入金額等	事業	営業等	5,993,186
	事業	農業	
	不動産		
	利子		
	配当		
	給与		
	雑	公的年金等	
	雑	その他	
	総合譲渡	短期	
	総合譲渡	長期	
	一時		
所得金額	事業	営業等	5,335,737
	事業	農業	
	不動産		
	利子		
	配当		
	給与		
	雑		
	総合譲渡・一時		
	合計		5,335,737
所得から差し引かれる金額	雑損控除		
	医療費控除		
	社会保険料控除		
	小規模企業共済等掛金控除		
	生命保険料控除		
	地震保険料控除		
	寄附金控除		
	寡婦、寡夫控除		
	勤労学生、障害者控除		
	配偶者控除		
	配偶者特別控除		
	扶養控除		
	基礎控除		380,000
	合計		380,000

（社会保険料控除が０の理由：年収が130万円以上なので、本来国民健康保険に入らないといけないが、急に稼いだため昨年度時点ではまだ加入していなかったから）

「この左半分で、三つの謎すべてが解けるというのか？」

「ん〜？　そうね、ひとつ解ければあとは芋づる式なんじゃないかしら。はい、ヒントはここまでー」

「……どっちにしろ、申告書でわかるのはせいぜい収入源、つまり三つめの謎だな……」

アンリはそう言ったきり考え込んだ。

萌実はニヤニヤとアンリを見まもり、毬衣はふわあとあくびをし、キロリは……することがないのでお茶を淹れた。

5.

「普通に事業所得が発生しているだけで、控除も基礎控除だけか……」

ソファに陣取ったアンリがブツブツとつぶやいた。

「主将ー、わかったー？」

「うるさい。お前も考えろ、キロリ」

「あのねえ、あたしが半分だけ見たってわかるわけないじゃん。はい、牛乳」

「じゃあ、なにかしていろ」

「へいへい」

キロリは作業机でパソコンに向かっていた萌実にコーヒーを出した。

「ねぇ、萌実ちゃん。どうして、右半分は見せてくれないの?」

「単刀直入に聞くのかっ!」

アンリのツッコミが飛んできたが、無視して続ける。

「右半分を見たら、すぐにわかっちゃうってこと?」

「ふふ、そうね。ある程度、特定されるかもね」

「あ、じゃあもしかして、左半分を一生懸命見るより、右半分になにがあるかを考えたほうが正解に近づく?」

「おっ、キロリちゃん、今回もいーとこ突いてくるわねえ」

萌実が感心したように言うと、アンリがいきなりソファから立ち上がった。そして天を仰いで高笑いをする。

「ハーッハッハ、ファーッハッハッハ! ナイスだ、キロリ!」

「……そのとーとつな笑い声がクラブを危機に陥れたってわかってんの?」

「うるさい、勝ったら笑いたい放題だ。それよりいいか、キロリ。右半分にあるのは、いくつかの特別控除や源泉徴収税額、そして納税額だ」

「うん。で、その項目で毬衣ちゃんの仕事が特定できるわけ？」

「いや、全然できない」

「意味ないじゃん！」

「ただ、職業をある程度特定できる項目がひとつだけ存在する。そこに金額が書き込まれていたからこそ、先生は右半分を見せなかったんだろう。ずばり、こうだ！」


確定申告書Bの右半分・金額はアンリの予想

税金の計算	課税される所得金額		4,955,000
	上に対する税額		247,750
	配当控除		
	住宅借入金等特別控除		
	政党等寄附金特別控除		
	住宅耐震改修特別控除		
	電子証明書等特別控除		
	差引所得税額		247,750
	災害減免額、外国税額控除		
	源泉徴収税額		599,318
	申告納税額		△351,568
	予定納税額		
	第3期分の税額	納める税金	
		還付される税金	351,568
その他	配偶者の合計所得金額		
	専従者給与額の合計額		
	青色申告特別控除額		
	雑所得・一時所得等の源泉徴収税額の合計額		
	未納付の源泉徴収税額		
	本年分で差し引く繰越損失額		
	平均課税対象金額		5,335,737
	変動・臨時所得金額		
延納	申告期限までに納付する金額		
	延納届出額		

「まず間違いなく、『平均課税』だな。中でも『変動所得』」

アンリは自信満々に言いきった。

「変動所得？」

初めて聞く単語にキロリは戸惑う。

「ある特別な収入があった人にだけ適用される特例だ」

「特別な収入って？」

「文字通り変動が激しい収入のことだ。普通の収入とは違うものは、税金の取り方も他とは違う考え方をするんだ。——たとえば、1000万円を二年連続で稼いで、毎年200万円税金を払ったとする。税金の合計額はいくらだ？」

「400万円だね」

「じゃあ、一年目は2000万円稼いで税率が高いから800万円払い、二年目は1円も稼げなくて税金もゼロだったとする。合計いくらだ？」

「800万円じゃん……って、アレ？　ちょっと不公平？」

「そうだ。同じ二年間で2000万円の稼ぎでも、変動が大きいと400万円多く払ってしまう。これだと、課税公平原則(注2)に反する。だから、こういった変動の大きい所得を『変動所得』と呼んで、普通の所得とは別に扱うんだ。つまり、急に稼いだときに税率を低く調整するのが『変動所得』だ(注3)」

(注2)　課税公平原則とは、税金の負担は国民の間で公平にする、という原則。租税公平主義ともいう。これは憲法第14条(法の下の平等)でも規定されているとおりである。

(注3)　この税金を低く抑える仕組みを『平均課税』という。具体的には五分五乗方式といって、急に増えた所得を五年間で分割して払うとみなすことで、実際に適用されるべき税率よりも低い税率で計算している。
たとえば、変動所得1000万円で本来の税率が33%なら、
1000万円×1／5

「へぇー。じゃあ、急にお金持ちになっても安心なんだね」

「ただ、『変動所得』が使える売上の種類は決められている。職種が限定されているんだ。たとえば、漁業や真珠貝の養殖、または、本や音楽の印税（注4）。これらは売れたときはとてつもなく儲かるが、売れないときはさっぱりな職種だから、納税者有利になっているわけだ」

「真珠の養殖って変動があるの？」

「そこを掘り下げてどうする」

「でも気にならない？」

「なるかっ」

「まあいいや、とにかく、変動があればなんでもいいわけじゃないんだね」

「そう、そこがポイントだ。フッフッフッフッフ……ハッハッハッ、これで羽藤の仕事がわかるぞ、キロリ！」

「だからさあ、その他人をドン引きさせる笑い方はどうなのよ……」

「可能性があるのは印税だ。羽藤は絵を描いているだろう。実は画集かなにかを出版して稼いでいるんじゃないか？　それで、確定申告をする必要がある」

アンリが言うと、萌実が「へぇー」とニヤニヤ笑いながらアンリを見た。

「……100％自信があるわけじゃない。羽藤はたしかに絵がうまいが、芸術科のな

＝200万円（一年間あたりの所得）
所得200万円の税率＝10％
と、税率10％をもとに計算を始める。
（注4）国税庁によると、厳密には、漁獲やのりの採取による所得、はまちやまだい、ひらめ、かき、うなぎ、ほたて貝、真珠、真珠貝の養殖による所得、印税や原稿料、作曲料などによる所得をいう。「漁獲による所得」とは、普通にいう漁業の所得よりもその範囲が少し狭く、魚類や貝類などの水産動物を捕獲してそのまま販売したり、簡単な加工をして販売

かではたしか中の上だ」

「ふうん。じゃあ考え直す？」

「……」

「それとも、ファイナルアンサー？」

アンリが迷っているのがキロリにもわかった。萌実をじっと見つめたまま黙っている。

「ねえ主将。でも個性的な絵だったら、売れるかもよ」

キロリはアンリの袖を引いてそう言った。

「たとえば、絵本とかは？　あれなら、ヘタウマみたいなのもあるし」

「絵本か……」

「ちなみにぃ、私、文章は書けないよぉ」

それまで黙っていた毬衣が、カッターの刃を替えながら言った。

「でも、絵本って文章とイラストを書く人が違うパターンもあるよね？」

キロリが言うと、アンリがハッとした顔をした。

「そうか、絵本じゃなくて、本の挿絵という線もあるな……」

「イラストレーター！　そうだよ、いまどきの小説ってイラストが肝心だったりするじゃん。それならすごい印税が入ってるかも！」


する場合の所得である。したがって、水産動物でないもの、たとえば、こんぶ、わかめなどの水産植物の採取による所得や、水産動物であっても、えび、こい、ますなどの養殖による所得は含まれない。変動が激しいものでないと認められない、とても厳しい制限だ。

キロリが勢い込んで言うと、アンリもうなずいた。

「ふふっ、アンリくん。イラストレーターでファイナルアンサー？」

再び萌実が尋ねた。

「そーだよ、それでファイナルアンサー！」

「キロリ、なぜお前が自信満々に答える」

「だってー、それしか考えらんないじゃん」

「どう、アンリくん？」

萌実に重ねて聞かれ、アンリはもう一度考え込んだ。そしてそれからゆっくりと答える。

「……ファイナルアンサーだ」

それを受けて萌実がすうっと息を吸う。

「――――――――」

萌実の発する言葉を、キロリとアンリはかたずを飲んで待つ。

「――――――――残念‼」

「えーっ⁉」

キロリは思わず叫んだ。

「すごーく惜しかったわね。かなりいい線いってたんだけど。見逃しちゃったわね、大事なことを――」

第4話

「黒幕登場」

1.

キロリは真っ青になってアンリを見上げたが、彼はあくまで冷静な顔をしていた。

「ふん……見逃したというのは？」

「ほら、アレ。アレを読んでみなさい」

萌実は税務の本を指差した。

「変動所得のところを隅々までね」

アンリはその本を読むと、目を見開いた。

「なんだ、この例外は……」

「『挿絵は除く』って、ちゃんと書いてあるでしょ。キロリちゃんが言うように、いまはイラストの比重の大きいライトノベルとかには、印税方式（注1）のギャラの人もいるんだけど、昔はそんなのなかったじゃない。一本いくらの世界よ。だから、挿絵の収入は変動所得として認められていないの」

「……つまり、俺の負け。ゲームオーバーってわけか」

「じゃ……じゃあクラブはどうなるわけ？　解散？　また解散なの？　待ってよ、ヨット部といい、どーしてこう……」

うろたえるキロリをアンリが冷たい目で見た。

（注1）　印税とは、売上に比例してもらえる原稿料や作曲料。売れれば売れるほど収入が増えるが、売れないこともあるので、収入としては変動が激しい。本の場合は、一般的に定価の5～10％が作家

「……死神はお前か」

「死神⁉　ひゃ、百歩譲ってそうだとしても、結局間違えたのはアンタじゃない。人のせいにしないでよ！」

「お前のせいにはしていない。ただ単に、疫病神だと言っただけだ」

「疫病神……って、死神よりランク下がってる気がする！」

「ちょっと待て、どこにキレてる！」

ぎゃあぎゃあやり始めた二人に、萌実がのんびりと声をかける。

「盛り上がってるとこ悪いんだけど、私相手に間違えても、別に解散にはならないわよ」

「……は？」

キロリとアンリの声が重なる。

「だって、アンリくんに課題を出してるのは部長の真座さんでしょ？」

「……」

沈黙ののち、キロリはああっと声をあげ、アンリは眉間を指で押さえた。

「もっ、萌実ちゃんが『ファイナルアンサー？』とか迫るから〜！」

「えっ、私のせいなの？」

「そうじゃないけど〜」


の印税収入である。「税」という名がついているが、国家が徴収する税金ではない。

「いたっ！」

会話の流れをさえぎったのは、それまでおとなしくしていた毬衣だった。

「手ぇ、切っちゃった〜」

「突然なんだ、羽藤！」

「いつもは笛流が替えてくれるからぁ……」

半べそで言う毬衣の手許を見れば、机の上にカッターと刃が二枚転がっていた。

「たいした傷じゃないが、一応保健室に行って来い」

毬衣の怪我を確認したアンリが言う。

「あ、じゃあ私が連れて行くわ。一応顧問だしね。きみたちは、もう一度よーく考えるように！」

萌実はウインクをひとつ残して、毬衣とともに出て行った。

2.

アンリが考え込み、キロリが手持ち無沙汰にしていると笛流が入ってきた。

「こんにちは、お二人とも。毬衣さんの謎は解けそうですか？」

「さっき顧問に聞かれて、外したばかりだ」

アンリはむすっと答えた。笛流はそうですかと言うとソファに座り、カバンからマンガやらゲームやらを取り出した。昨日マンガ雑誌を持ち込んだ毬衣といい、本当に妙なコンビだ、とキロリは思った。

「ねえ、笛流くん。毬衣ちゃんといつも一緒だし、趣味も一緒だよね。ホントにつきあってないの？」

「僕たち小学校の頃から一緒にいたんですよ。だから趣味もなんとなく似てしまって」

「えっ、じゃあさ、もしかして毬衣ちゃんの仕事、手伝ったりしてない？」

「は？」

「だって、毬衣ちゃんみたいなホニャホニャしたコに仕事なんて無理じゃない？　実は笛流くんサポートしてるでしょ。ね？」

「……」

「おーい、笛流くん？」

笛流はニッコリと笑ったまま、ボソッとつぶやいた。

「――キロリさんは、根っからのバカではないみたいですね」

ん？　バカ？

キロリは我が耳を疑った。

そこにアンリが割って入った。

「……笛流。お前、羽藤の確定申告の理由を知っているんだろ？」

「もちろんですよ」

「じゃあ教えろ」

「それは……すみません、毬衣さんが言いたくないものを、僕が教えるわけには……。ところで毬衣さんは？　もう教室にはいなかったのですが」

「あっ、毬衣ちゃんなら、手を怪我しちゃって……萌実ちゃんが保健室に連れて行ったけど」

キロリが言ったとたん、笛流は血相を変えて立ち上がった。

「手を⁉」

「う、うん」

笛流がマンガを放り出して部室を出て行こうとする。それをアンリが引き止めた。

「ちょっと待て。笛流」

「すみません、僕、とても急いでるんです」

「羽藤の怪我ならたいしたことない。それより、少し俺の質問につきあえ。……保健室を口実に逃げようとするなんて、やめろよ」

「……！」

「笛流、課題の内容を聞いたとき、お前に特にリアクションがなかったのは、なぜだ？　羽藤はえらく驚いていたのに」

「……」

「──お前、課題のことを知っていたな」

キロリはまさか、という思いで笛流を見た。

笛流はアンリをじっと見返したあと、不意にクッと唇をゆがめて笑った。

キロリが初めて見る、陰惨な笑いだった。

3.

「答えはちっともわからないくせに、余計なことには気がつくんですね」

笛流はドアにもたれて腕組みをするとクスクスと笑った。

「アンリさん、とりあえずはご明察！　と言ってあげますよ。毬衣さんの三つの謎をクラブ解散の課題として解かせてはどうかと部長に進言したのは、僕です」

「……ふん。じゃあ、昨日の部長とお前はとんだ猿芝居をしていたということか。なぜそんなことを？」

「部長は会計探偵クラブを潰したがっていますよね。後腐れのないように、みんなが納得する形で。だから、毬衣さんのことを聞かれたときに、僕、提案したんです。

『それが知りたかったら、クラブ存続の課題にしたらどうですか』……ってね」

「お前、バカか？　質問の答えになっていないだろう。俺はなぜ進言したんだ、と聞いているんだ」

「やっぱりごまかされてくれませんね。……毬衣さんのためですよ。あの子のためを思えば、こんなクラブ、邪魔なんです」

「こんなクラブだと」

「そうですよ。毬衣さんは、素晴らしい才能を持った子なんです。それなのにこんなクラブに時間を割くなんて、もったいなさすぎます。確定申告なら僕がやってあげるのに、毬衣さんは遠慮して……」

「簿記部に戻っても、それは同じじゃないのか」

「簿記部では確定申告のことはまずやりませんし、毬衣さんはそろそろ飽きていたんですよ。だからこちらに移りたがったんです。戻ったら、恐らく辞めてくれるでしょうね」

「……笛流。どっちにしろ、どんなクラブ活動をしようと羽藤の自由だろ」

「毬衣さんはね、僕がいつも世話を焼いてあげないとダメなんですよ」

笑顔で言い切る笛流に、キロリは寒気がした。

こいつってもしかしてストーカー気質なんじゃ？

「……笛流。もし俺たちが謎を解けば、羽藤の秘密は公にされ、クラブも存続する。お前にとって危険な賭けじゃないのか？」

「いいえ、アンリさん。クラブのエースのくせに、損得がわかってないですねぇ。どっちに転んでも僕は損をしませんよ。だって、毬衣さんの謎が暴かれたとしても、僕は嬉しいんですから」

「なんだと？」

「毬衣さんの凄さをね、僕は世間に知ってもらいたいんです。毬衣さんに嫌われたくないから僕の口からは言えませんけど、あなたたちが暴く分には不可抗力でしょう？」

「……笛流、では部長に進言したのがお前だとわかったら、羽藤はどう思う？」

「……！」

「お前が自分の秘密を部長に売ったと知ったら……さぞかしショックだろうな」

「……」

笛流の顔がわずかに悔しそうにゆがんだ。

「黙っていてほしければ答えを教えろ」

「……今度は脅しですか。想像以上に最低野郎ですね、アンリさんは」

「なんとでも言え、要は勝てばいいんだ。お前にとっても悪い話じゃないだろう？

無事〝不可抗力〟として毬衣の秘密を公にできるぞ」

「う……ん。さて、どうしましょう？」

笛流はそれでも、ニッコリと笑ってみせた。

4.

そのとき笛流が机の上に放置されたままのカッターに目を留めた。

「あのカッター、もしかして毬衣さんが……？」

「ああ、刃を替えようとして手を切ったんだ」

「しょうがないですね……僕に言えばいいのに」

笛流は机に近づき、椅子に座るとカッターの刃を替え始めた。

「……アンリさん、こうしましょう。僕がヒントを教えてあげます」

「バカかお前。それでは取引にならない」

「おや、僕に全部教えてもらって、あなたのプライドは傷つかないんですか？」

「……ああ、いいだろう。ヒントだけで十分だ！」

「では、アザの件だけお教えしますね。あれは、毬衣さんが格闘家主宰のスポーツジムに行っているからです」

「ジム？」

「僕に言えるのはここまでですよ。あとは自分で考えてくださいね」

笛流はカッターの刃を替え終えると、健闘を祈りますよ、と言って出て行った。

「ジムだったのかあ、よかったー」

キロリは脱力して、さっきまで笛流が座っていた椅子に腰を下ろした。

「なにがだ、キロリ」

「だって、アザや怪我が絶えないって……もしかして虐待なんかじゃないかって、ちょっと考えちゃったからさ」

キロリは机に残された毬衣のスケッチブックをパラパラとめくりながら言った。アンリは中の上なんて言っていたが、なかなかうまい。

「バカかお前。それなら恐らく笛流が黙っていない。それに虐待の場合、服に隠れて見えないところにやられることが多い」

そっか、と言いながらキロリはスケッチブックを適当にしまった。

「それにしても笛流くん、結構怖いヒトだよねー」

「まったくだ。あのニッコリ顔の裏でなにを考えているのかわかったもんじゃない。部長の後ろで手綱を握っていたなんて、とんだ策士だ。顔に似合わずマンガなど読んでいると思ったら、ストーリーメイキングの勉強でもしてるのか？」

アンリがやけくそ気味に、笛流が置いていったマンガを手に取る。

「そーいえば部長さん相手に、伏線がどーとかベタ褒めしてたよねー。それより笛流くん、カッターの刃を残していっちゃったんだけど、どうやって捨てたらいいかな。こんなの捨てたことないからわかんないよ。ていうかこれ、短っ」

一拍置いてマンガから顔を上げたアンリがまじまじとキロリを見る。

「なんだって？」

5.

翌日。部室に部長の真座蘭がやってきた。毬衣も一緒だ。

「さあ、謎は解けたかい。アンリ？」

開口一番そう言った蘭の顔は、解けたはずがないと言っている。

「眠そうな件と、アザをつくる件、収入源の件、毬衣の三つの謎を解き明かさなければば、このクラブも今日までという約束だったな。では、私物についてはさっそく持ち帰ってもらおうか」

「誰が解けなかったと言った」

アンリがぶすっと答えた。

「……なに？」

「解けたぞ。三つとも」

「ほう、それは……では、聞かせてもらおうじゃないか」

蘭と毬衣がソファに腰を下ろし、キロリ、アンリと向かい合う形になった。

「三つの謎は、確定申告がキーだ」

アンリは用意してあった白紙の確定申告書の一カ所をトンと指し示した。

「変動所得が使われている。これは間違いない」

「ふむ。ということは、作家、もしくは漁業関係者ということだな。真珠の養殖でもやっているのか、毬衣？」

「やってませえん」

「どうしてみんな真珠だと思うんだ！」

「じゃあなんだというんだい、アンリ？」

「彼女は作家だ、部長」

「……は。作家だって？　この天然ボケの毬衣が小説を書いているとでも？」

「違う。彼女が描いているのは、絵だ」

「ふっ、絵で変動所得など」

「そう、俺もそう思った。絵では変動所得は適用されないと。しかし、こう考えれば辻褄が合う。彼女には『相棒』がいた」

「相棒？」

「羽藤毬衣はたしかに絵しか描いていない。しかし誰かが話を作れば、それは作家として成立する……つまり、マンガ家だ」

「マンガ？　たしかにマンガには作家性があるから変動所得と認められるが……その証拠は？」

「カッターだ」

「……は？」

「羽藤は、昨日カッターの刃を替えようとして怪我をした。いつもは笛流が取り替えるそうなんだが」

　蘭が絆創膏の巻かれた毬衣の指を見る。

「残していった元の刃が、これだ」

　アンリがハンカチに包んだ短い刃を出した。

「普通、女子高生が刃を折るだけじゃすまなくて、しょっちゅう取り替えなければならないほどカッターを使うか？」

「……使わないな」

「マンガ家なら使う。パソコンでやらない限り、マンガにスクリーントーンは欠かせないからな」

「相棒というのは？」

「もちろん、笛流だ」

「……なるほど。あいつなら話のひとつやふたつ簡単に作れそうだな」

蘭は納得顔だった。裏取引していただけあって、〝策士笛流〟を知っているのだろう。

「幼馴染とはいえ、羽藤と笛流はクラスが違うのにいつも一緒にいる。それなのにつきあっているわけではないという。ならば、二人で組む目的が別にあるということになる」

「だが、カッターの刃だけで職業を断定するのは早計ではないのか？」

「いや、羽藤がマンガ家だとすると、その他の謎も自然と明らかになるんだ。いつも眠そうな件は、締め切りに追われているから。アザをつくる件は……キロリ」

キロリはうながされて、書棚から一冊の雑誌を取り出し、テーブルの上に置いた。

蘭がその表紙を見て眉をひそめる。

「『月刊少年エーヌ』？　笛流が熱心に勧めていた雑誌ではないか」

「そう、その中でも絶賛していたのが、これ」

そう言ってキロリが開いたページには、野原ベルサイユ作『格闘男神殿トリアノン』というマンガが掲載されていた。

「部長、この絵柄、毬衣ちゃんの絵に似ていると思わない？」

毬衣が忘れていったスケッチブックも出して蘭に見せる。

「……たしかに。それにしても驚くのを通り越していっそ感心するほどセンスのないタイトルだな」

「そ、それはともかく、野原ベルサイユっていうのは毬衣ちゃんと笛流くんの共同名義なんじゃないかって。ね、主将？」

「そうだ。そして、このマンガの作者だとすると、羽藤のアザにも説明がつく。なにせ『格闘』だからな」

蘭はハッとしたように毬衣を見た。

「毬衣、まさか実地で……？」

「え、えへへぇ」

「そう、羽藤は格闘シーンをリアルに描くために、格闘家主宰のスポーツジムに通っているんだ。そうだな、羽藤？」

毬衣は追い詰められて動揺していたが、やがてふうっと息を吐いた。

「……だってえ、どうしてもフルネルソンとかオモプラッタみたいなサブミッションがうまく描けないからぁ」

「うわわ……毬衣ちゃんの愛らしい口からあたしの知らない暗殺用語が……」

「――キロリ、ただの関節技だ。それより羽藤、笛流は今日はどこにいるんだ？」

「笛流なら今日はネームの締め切りでぇ……私は本当に絵を描くだけだからぁ、ネームまでは笛流の役割なのぉ」

毬衣の答えに、蘭の目がキラリと光った。

「毬衣、つまりアンリの推理は三つとも合っているんだな？」

三人にじっと見つめられ、毬衣はしぶしぶといった感じでこくりとうなずく。

「あーあ、バレちゃったあ。部長、うらみますよぉ。私のことなんか課題にしてえ」

……本当の仕掛け人は笛流だが。

毬衣以外の三人が心の中で思った。

この瞬間、笛流のいう〝不可抗力〟が見事に成立したのだった。

「羽藤、どうしてそんなに隠したかったんだ？　高校生マンガ家は、珍しいがいないわけじゃない」

「えー、だから結局教えたじゃぁん、アンリくぅん」

「だが、隠していた」

「そうだ、部長である私にまで隠すとは何事だ」

「だぁって……だって、誤解されたくなかったんだもん！」

「そういえば、おとといもそんなことを言っていたな。どういうことだ、羽藤？」

「二人でマンガを描いているって知られたら、私たちがまるでつきあってるみたいじゃない。そんなのやだよぅ」

「えっ、でもいつも一緒にいるし、もう手遅れじゃない？　それに、とってもお似合いだと思うけどなー」

「えぇぇぇ。キロリちゃん、ほんとうにぃ？　私いやだよぉ、笛流みたいな腹黒いヤツが彼氏だなんてぇ」

三人は「あぁぁ、たしかに……」と相槌を打った。

6.

「お手紙さんたら、白ヤギ食べた〜♪」

会計探偵クラブでは、今日もキロリの歌声が響く。

毬衣が小さく「残酷すぎるよぅ」とつぶやき、アンリは無視し、笛流はニコニコ笑っていた。

結局解散の一件は、見事課題をクリアしたということで蘭が引き下がり落着となった。

そこでアンリはここぞとばかりに窓を全開にして笑い声をとどろかせ、キロリも気持ちよく大空に向かって歌い上げるのだった。

「しーかたがなーいので、お墓を掘った♪」

階下の簿記部から「うおぉぉぉ」という悲しげなおたけびが聞こえてきた――。


キロリと毬衣はその後、不思議と仲良くなった。そして、七月に入りその毬衣と一緒に下校していたある日。

「あれぇ、笛流？」

不意に毬衣が立ち止まった。

「ほんとだ……なんか、もめてるみたいだね」

キロリが眉をひそめる。グレーの学ランを着た生徒が笛流に詰め寄っていた。芙藍学園はブレザーなので、他校生だ。

「てめぇ、自分の立場わかってんのか⁉」

学ラン男の大声に、二人はぎょっとした。

「仕方がありませんよ。僕だってあのクラブを解散させるために、最善を尽くしたんです」

笛流が言い返すと、男が胸ぐらをつかんだ。

「ふざけんな！」

男の拳が飛ぶ前に、キロリは走り出していた。

「きゃあああ、キロリちゃん‼」

「まず間違いなく、『平均課税』だな。中でも『変動所得』」

アンリは自信満々に言いきった。

「変動所得？」

初めて聞く単語にキロリは戸惑う。

「ある特別な収入があった人にだけ適用される特例だ」

＊

「そうだ。同じ二年間で2000万円の稼ぎでも、変動が大きいと400万円多く払ってしまう。これだと、課税公平原則に反する。だから、こういった変動の大きい所得を『変動所得』と呼んで、普通の所得とは別に扱うんだ。つまり、急に稼いだときに税率を低く調整するのが『変動所得』だ」

「へぇー。じゃあ、急にお金持ちになっても安心なんだね」

「ただ、『変動所得』が使える売上の種類は決められている。職種が限定されているんだ。たとえば、漁業や真珠貝の養殖、または、本や音楽の印税。これらは売れたときはとてつもなく儲かるが、売れないときはさっぱりな職種だから、納税者有利になっているわけだ」

〈第3話　p.156、p.157より抜粋〉

「可能性があるのは印税だ。羽藤は絵を描いているだろう。実は画集かなにかを出版して稼いでいるんじゃないか？　それで、確定申告をする必要がある」

＊

〈第３話　p.157より抜粋〉

なるほど！税金講座 7

所得税の中の10分類の所得。そして、変動所得とは？

法人税は所得が1分類しかなく、所得×税率で税額が出るのですが、所得税はちょっと違います。

所得税ではさまざまな人の事情に配慮して、性質の異なった10分類の所得を作り、**それぞれに合った計算式で別々に税金をかける**方式になっているのです。

10分類の所得

利子所得：銀行預金の利息

配当所得：株の配当金

不動産所得：賃貸収入
事業所得：個人商店や農業といった自営業の稼ぎ
給与所得：給料や賞与
退職所得：退職金
山林所得：木の売却益
譲渡所得：土地・建物・機械・ゴルフ会員権の売却益
一時所得：生命保険の一時金。賞金や懸賞、競馬の高額馬券
雑所得：年金・講演料など他の所得に当てはまらないもの
※説明は主なものを挙げています

所得税に関しては、これだけの収入パターンを想定して、さまざまな人に配慮しているのです。

それぞれの計算式は次のページに記載しましたが、給与所得や退職所得といった労働収入は、勤労の尊さを考慮して、税金が安くなるように配慮されています。

人の収入を10に分類

1 必要経費がないもの　利子・配当
2 必要経費があるもの
①経費のみ差し引く……事業所得・不動産所得・雑所得（その他）
②経費の代わりに特別な控除……給与所得・退職所得・雑所得（公的年金等）
③経費＋特別な控除……譲渡所得・山林所得・一時所得
※「②経費の代わりに特別な控除」「③経費＋特別な控除」は、納税者がなにかしら優遇されています

所得の10分類の計算式（主なもの）

１．利子所得	**利子の収入金額×15％**（他に住民税の特別徴収５％） **⇒これのみ税額。下の９分類は所得金額**
２．配当所得	**収入金額－元本取得に要した負債利子**
３．不動産所得	**総収入金額－必要経費** ※青色申告者の場合は、青色申告控除（65万円又は10万円）が控除される
４．事業所得	**総収入金額－必要経費**　257ページ参照 ※青色申告者の場合は、青色申告控除（65万円又は10万円）が控除される
５．給与所得	**その年中の給与等の収入金額－給与所得控除額**（最低65万円） 258ページ参照
６．退職所得	**（その年中の退職手当等の収入金額－退職所得控除額）×1/2** 退職所得控除額は下記の通り求める １．勤続年数20年以下 40万円×勤続年数（１年未満の端数切上げ、以下同じ） ２．勤続年数20年超 800万円＋{70万円×（勤続年数－20年）} ※１．上記による計算額が80万円未満（勤続年数２年未満）の場合は80万円とする ※２．障害となったことに基因して退職した場合については、別に100万円を加算する
７．山林所得	**総収入金額－植林費等又は概算経費（控除割合50％）－50万円（特別控除額）** ※青色申告者の場合は、青色申告控除（65万円又は10万円）が控除される
８．譲渡所得	**総収入金額－資産の取得費－譲渡経費－50万円（特別控除額）** 24ページ参照
９．一時所得	**{総収入金額－その収入を得るために支出した金額－50万円（特別控除額）}×1/2**
10．雑所得	**総収入金額－必要経費** ※公的年金等の場合 公的年金等の収入金額－公的年金等控除額

所得税が生まれたのは明治20年。当時は、土地にかかる地租と、お酒にかかる酒税が国税収入の大部分を占めていました。しかしこれでは、税金の負担をしているのは農民・地主と酒造業者だけで不公平だということになり、すべての職業に税金を払わせるために作られたのが所得税でした。このときはまだ所得は1分類でした。

明治32年の改正では、「法人所得」「公社債の利子所得」「個人所得」の3分類に分けられました。

昭和15年の改正では、法人所得が法人税として分離独立し、それとは別に「不動産所得」「配当利子所得」「事業所得」「勤労所得」「山林所得」「退職所得」の6分類に分けられました。このように経済の発展や労働者人口の増加に合わせて、所得の種類をだんだんと増やしていった歴史があるのです。

さて、小説で出てきた**変動所得**は、ある特別な収入があった人にだけ適用される特例です。これは所得税の中の特例です。

所得税とは別の税金ではありませんし、所得税の中の10分類のひとつでもありません。

事業所得や雑所得を得ている人のうち、作家や漁業関係者といった特定の人たちは所得の変動が激しいので、特別な「配慮」が必要になります。それが変動所得なのです。

このように、所得税はさまざまな配慮の組み合わせでできているのです。

なるほど！ 税金講座 7

まとめ

法人税　所得は１分類

→　どんな稼ぎ方をしても同じ税金計算

所得税　所得は10分類

→　稼ぎ方によって税金の計算式が異なる

→　給与所得や退職所得といった勤労性所得は、他の所得よりも税金が安くなるように配慮

なるほど！税金講座 8

税金の種類の多さと課税公平原則

これまで主に所得税について説明してきましたが、これは国の税収の⅓にすぎません。税金にはまだまだ種類があり、世間的に知られているものだけでも、法人税、消費税、酒税、相続税、贈与税、たばこ税などがあります。地方の税金も入れると、道府県民税、市町村民税、自動車税、固定資産税、入湯税など無数にあります。

なぜこれほどまでに税金の種類が多いのか？

それには、**「取れるところから取る」「取りやすいところからたくさん取る」**という古今東西万国共通の税金の鉄則が関わっています。国家を運営するためには税金が欠かせません。それも多ければ多いほどいい。たくさん取るために税金の種類も増えるのです。

たとえば、明治29年には日清戦争後の経済の発展に合わせて営業税（のちの事業税）や登録税（のちの登録免許税）が作られ、明治38年には日露戦争の戦費調達のために相続税が作られています。

税金の種類が多い理由は、もうひとつあります。それは税金の大原則である「公平」（課税公平原則）です。

ひとつの税金、つまりひとつのモノサシしかないと不公平に感じる人が必ず出てきます。そのため、複数の税金を用意します。しかし、それでも不公平感は残るので、さらに税金の種類が増えるのです。

家庭、地域、財産、生活スタイルの違いによって、人はまったく異なった生活を営んでいます。

会社も売上規模、拠点数、従業員数、業種の違いによって、まったく異なった経済活動をしています。

まったく異なったものに公平に税金をかけるには、多くのモノサシが必要となるのです。

公平にするためにモノサシが複数必要になるケースは税金以外でもあります。たとえば、会社の給与がそうです。

ものすごく仕事ができる人と、ミスばかりしている人が同じ給与では不公平です。そのため、一般に給与は職能給・役職給・実績給・諸手当などが組み合わさって形成されているのです。これは、評価をより公平にするために取り入れられた手段です。

同じように税金も、さまざまな種類を設けて薄く広く取ることで、国民の不満を分散させているのです。

収入があったら所得税、モノを買ったら消費税、車を持っていたら自動車税、契約の書類を作ったら印紙税、温泉に入ったら入湯税……。現在では、50種類以上の税金が用意されています。「得る」「買う」「暮らす」「持つ」「作る」「入る」……あらゆる「動詞」の活動を行うたびに税金がかかるようになっています。

税金のかからない動詞の活動は、「寝る」「考える」「歩く」といった、人間が1人でできることに限られます。言ってみれば、自己完結できる行動には税金はかからないのですが、他者と関わりがある行動には税金がかかるようになっているのです。

そもそも社会が存在するから、それを維持するために税金が必要なのです。だとすれば、社会の前提である「他者との関わり」が発生するたびに税をかけているのも、理屈としては筋が通っています。

「生まれる」「死ぬ」といった、人類が絶対避けては通れない行動にも、税金がかかります。生まれた際にはミルクの消費税、死ぬ際には相続税がかかっています（注1）。これは他者との関わりが存在

収入を得る：所得税・相続税・贈与税

モノを買う：消費税

地域で暮らす：道府県民税・市町村民税

家・車を持つ：固定資産税・自動車税

契約書を作る：印紙税

温泉に入る：入湯税

するからです。

他者との関わりの中で、確実に税金がかからない行動は「愛する」ぐらいでしょうか。いやいや、デート代だのプレゼント代だの、なにかと消費税を取られているような気もします。

ここまで見てきたように、税金の種類が多く、複雑でわかりづらいのは、「公平」を目指すうえでは仕方のないことです。

知識人の中にも「税金をもっとシンプルにしよう」と主張する人たちがいます。気持ちはわからないでもありません。

しかし、シンプルにすればするほど、大きな不満を持つ人は増えていきます。それでは国家として安定しません。なぜなら、古今東西、土一揆からフランス革命にいたるまで、税金に対する不満から国内が不安定になり、滅んだ国家は数知れないからです。

つまり、税金において公平を目指しているのは、平等主義のためというより、国家の安定のために欠かせないからなのです。

（注1）医療費の消費税は、差額ベッド代などを除き、非課税になっている。また、厳密には相続税が課税されるのは死んだ本人ではなく、遺産を受け取る遺族のほうである。

なるほど！ 税金講座8

まとめ

税金の鉄則　「取れるところから取る」
「取りやすいところからたくさん取る」
代表例　たばこ税・酒税・環境税（検討中）

税金の種類が多い理由

1. たくさん取るため
2. 公平に取るため

→　薄く広く取ることで不満を分散させる

税金のかかる行動　→　他者との関わりが前提となる、あらゆる「動詞」

第5話

「部員は縦にひび割れて」

1.

「ちょっと待ちなさいよ‼」

いまにも殴りかかろうとしていた男と笛流の間にキロリが割って入る。

「キロリさん⁉」

驚いた笛流の胸ぐらを、今度はキロリがしめあげた。

「クラブを解散させるためって、どういうこと⁉」

「お、お前、こいつを助けに来たんじゃねえのか？」

男はつっこんだ。

「吐け、吐け、吐けーっ！」

ぎゅうぎゅうと笛流をしめあげるキロリに、学ランの男のほうがあわてた。

「つか俺の立場は？　わぁぁ、やめろ、死ぬ死ぬ、こいつ死ぬぞ！」

男が必死に止めるので、キロリは力をゆるめた。

途端に笛流がゴホゴホと咳き込む。

「笛流くん、会計探偵クラブを解散させようとしたのは、毬衣ちゃんのためじゃなかったわけ⁉」

「ゴホッ……それは……」

「こいつに頼まれてやったの⁉」

「……」

「答えろ〜〜！」

「ぐっ」

「わぁぁぁっ！」

再び笛流をしめあげるキロリを、男と追いついた毬衣が必死に止めた。

「ま、待て。俺が教えてやる。こいつはなあ、俺には逆らえないんだよ！」

「なんでよ！」

「な、なんでもだよ。こいつらが嘘つきだからだ。嘘つき一家だからだよ！」

するど、キロリに胸ぐらをつかまれたまま、笛流がギッと男を睨んだ。

「……なんだよ、その目。お前、俺に逆らえる立場なのかよ」

「……」

「ふん。邪魔が入ったから今日はここまでだ。こんな女がいるんじゃゃ、計画がうまく行かなかったのも無理ないかもしれねぇしな。……そうだ、白百合に伝言しておけ。いいいいい、人数が揃わなきゃ、競技会計はムリだ。テメェには普通の簿記がお似合いだ、ってな。……言ってる意味、わかんだろうな」

「……」

「ぜんっぜん、わかんないし！　どういうこと⁉」

キロリはぱっと笛流から手を放して、男に向き直った。

「アンタ、さっきからなに言ってんの⁉」

「だから、テメェはいったいなんなんだよ」

逃げようとする男の襟首をつかんで力いっぱい引っ張ると、男はウワアとあおむけに倒れた。

「逃がさないからっ」

柔道の寝技よろしく覆いかぶさって押さえつけると、至近距離で目が合った。

男の顔がみるみる赤くなるので、あれ、きついかな、と思って力をゆるめると、耳まで赤くなった彼は激しく動揺した様子で起き上がり、ワアアアと言いながらこけつまろびつ逃げて行った。

「待てーっ！」

「……追いかけないでください！」

キロリが振り返ると、蒼白の笛流が必死な顔をしていた。

2.

「真っ青じゃん、笛流くん、大丈夫⁉」

あわてて駆け寄ると、笛流は複雑そうな顔をした。

「……それは、キロリちゃんのせいなんじゃないかなぁぁ」

「えっ、なんで？」

「……」

毬衣は沈黙し、笛流は無言で目をそらした。

「……それはそうとぉ、あれって王子学院の制服だよねぇ。で、あの毒々しい日焼けした顔と毛虫が舞い降りたかのような恐怖のゲジゲジ眉毛は、もしかして、榎戸《えど》くんなのぉ？」

「うわあ、ヒドイけど的確な描写」

キロリは思わずつっこんだ。

「……そうですよ、毬衣さん。彼は榎戸黒太《こくた》くんです」

「へぇえ、懐かしいねぇ。よく笛流のおうちに遊びに来てたよねえ。まだつきあいがあったんだぁ」

「……おじいちゃん同士が仲良かったですしね」

「ふうん」

「なんでその幼馴染に逆らえないの？　解散させようとしたってどういうこと⁉」

キロリが言うと、笛流は無言で目を伏せた。

どうやら答える気はないらしい。

「まだあるよ。『白百合に伝言』って、ヤストシの……主将のことでしょ？　競技会計って、なんなのさ？」

「えぇぇっ⁉　キロリちゃん、競技会計を知らないのぉぉ？」

「し、知らない……毬衣ちゃんは知ってるの？」

「へぇぇ、キロリちゃんはすごいなぁぁ。競技会計も知らずに、会計探偵クラブに入っちゃったんだあ。すごぉい、偉人さんだぁ、偉人さんだぁ」

「知らないよ、だって萌実ちゃんからなにも聞いてないもん！」

「……当たり前すぎて、言わなかっただけだと思いますよ。……キロリさん、全国高等学校簿記コンクールのことは、知ってますか？」

顔色のよくなってきた笛流に言われて、キロリはうなずいた。

「それなら知ってる。簿記部のみんなが目指している全国大会なんでしょ。毎年、賞をもらってるって、クラブに入るときに萌実ちゃんから聞いた」

「その大会に、十年くらい前に新しい部門が作られたんですよ。それが〝競技会計の部〟です」

「ふーん……簿記に全国大会があるってだけでオドロキなのに、なにを競技すんの？」

「決算書や確定申告書からその会社や個人の情報を特定する、という実務型の勝負です」

「……はあ？　そ、それって、うちらがいつもやってることじゃん」

「そうですよ。なんだと思ってたんですか？　あれは大会に向けた練習ですよ」

「えーっ、そうだったの？　てっきり萌実ちゃんの趣味なんだと思ってた！」

「……顧問の趣味だけでは部活になりませんよ」

そうだったのか、とキロリは激しく納得した。

「笛流くん、さっきのヤツ人数がどうこうって言ってたけど、何人でやるの？」

「一チーム三人です」

「三人……っていうと、うちはまず主将と笛流くんだよね。あとの一人は……」

キロリが毬衣を見ると、毬衣はブルブルと首を横に振った。

「む、無理だよぉ。私、芸術科だしぃ」

「あたしだって体育科だよ！　……でもそっか、だからさっきのヤツが『人数が揃わない』って言ってたのかな」

「……僕も出ませんよ」

目を伏せて言う笛流に、キロリは驚いた。

「は？　なんで？」

「それは……言えません。それじゃ、僕はこれで……」

「ちょ、ちょい待ち！」

ぐいっと腕を引くと、笛流はニッコリ笑ってみせた。

「また首でも絞めますか？　でも、それでも言いませんよ」

それだけ言って笛流は立ち去る。

「ちょっとー、それってあの男に脅されたから？　なんであんなヤツの言うことを聞くの⁉」

答えはない。

「……なにさ、笛流くんの弱虫！　へなちょこ！　ヘタレーっ‼」

3.

翌日、部室にて。

「なにか弱みを握られている、と考えるのが普通だな」

キロリと毬衣から話を聞いたアンリは腕組みして言った。

「あの腹ぐろーい笛流に弱みなんてぇ……どんなにヤバイ弱みなのかなぁ。ちょっとコワイかもぉ」

つきあいの長い毬衣が言うと真実味があった。

「言ってる意味がわかるだろうな、という念押しも脅しだな。つまり、人数が足りなくなるようにお前は出るな、と言ったんだ。だから笛流は出ないと言い出した」

「あっ、そういうことだったのかー」

キロリは納得した。

「それにしても……クックック」

「なによ主将、急に笑い出して。気持ち悪い」

「アハハハッ、お前、〝競技会計の部〟、いわゆる〝会計探偵選手権〟を知らなかったって、本当にバカだな。甲子園を知らない野球部員みたいなもんだ。これが俺様の血縁かと思うと、ゾッとする。おい、その棚のトロフィーを見ろ」

「えっ、これ？　ええーっと、『全国高等学校簿記コンクール　競技会計の部　準優勝』……？　げげっ！　これって釣りバカ選手権かなんかのじゃなかったの？」

「んなわけあるか！」

「でもぉ、ずいぶん昔のだねぇぇ」

トロフィーを覗き込んだ毬衣が言った。

「ほんとだ。……あれ、ちょっと待って。うちのクラブって新設なのに、トロフィーがあるなんて変じゃない？」

「んん～、前は簿記部内でやってたんじゃないのぉ？」

毬衣ののんびりとした返事を、アンリがイライラと遮った。

「そんなことはどうでもいい。それより問題はいまだ。今年の優勝トロフィーはこの俺様にこそふさわしいのに、笛流のせいで出場できないとは大問題だ」

「でもさ、どっちにしろ選手が足りないから、大会はムリじゃん？　あたしも毬衣ちゃんも、ムリムリムリ！」

「黙れ。いざとなったら出てもらうぞ」

「えーっ」

「だが笛流という逸材がいる以上、ヤツにはなにがなんでも出てもらう。三人目は顧問がなんとかすると言っていた。たぶん簿記部から連れてくるんだろう。……もしかしたら、部長かもしれないいな」

「あ、いいじゃんそれ。最強って感じ」

そのとき、ガラガラと窓が開く音がした。

「違うわよ、三人目は別の子よ。たしかに真座さんは優秀だけど、競技会計はチーム戦。バランスってもんがあるの。藤原萌実のカイケー語録その四『バランスが大事なのは、貸借対照表《バランスシート》だけじゃない』ってね。覚えておきなさい」

萌実が真顔で言いながら、窓から入ってきた。

「萌実ちゃん、また屋上で盗み聞き〜？」

「生徒の監督も教師の務めよ。……それより、笛流くんが抜けるのは想定外だわ。どうしよう」

「笛流をあきらめて別を探すか、笛流が脅されている原因をとりのぞくしかないな」

アンリが冷静に言うと、萌実はうなずいた。

「だったら後者ね。……ねえ、毬衣ちゃん。あなたは笛流くんを脅していた彼のこと、知っているの？」

「うん、一応。えっとぉ、笛流の一コ上の幼馴染で、中学からは王子学院に通ってぃてぇ」

「えっ、王子学院なの⁉　……ってことは本気で脅していたのね」

「なんで？　ヤバイな学校なわけ？」

キロリが聞くと、萌実は首を横に振った。

「王子学院は、去年の〝会計探偵選手権〟の準優勝校よ。県代表はアタリマエ、県内では無敵って言ってもいいわね」

「へー、すごーい」

「簿記ではうちに勝てないから、競技会計に全力を注いでいるのよ……だから手段も選ばない。昔からね」

「なるほどな。だから笛流を使って、このクラブを解散に追い込もうとしたのか。ふん、この俺様にケンカを売るとは上等だ。返り討ちにしてくれる！」

「そうね。こうなったら、アレを見るから、ちょっと待ちなさい」

「アレ？」

三人の声が重なった。

「——確定申告書よ。笛流くんの」

4.

萌実は鍵のかかったキャビネットからクリアファイルを取り出した。

「たしか、なんか変なヤツだったのよねー」

「なんで萌実ちゃんが笛流くんの確定申告書を持ってるの？」

キロリが聞くと萌実は笑った。

「毬衣ちゃんのときも言ったけど、収入がある部員には、第一表の提出を義務づけてるのよ。毬衣ちゃんに印税が入るんだから、パートナーである笛流くんにも入るでしょう？」

「あっ、そっか」

「じゃあ、見るわよ。ババーン」

萌実が取り出した紙を全員で覗き込む。

「なんだ、これは……」

アンリがあ然とした表情で言った。コピー用紙にあったのはわずか一行。

『善笛流は、確定申告の義務者ではない』

「あー、そうだったわ。すっかり忘れちゃってた」

「忘れてたって、この小学生みたいな下手くそな字は、先生のだろう⁉」

「よく知ってるわね。感心、感心」

「……それで、申告義務者（注1）でない理由は？」

「うーん。うーんうーん」

「まさか、それも忘れたのか？」

「違うわよ。覚えてるけど、言おっかなー、どうしようかなーと悩んでいるんじゃない」

「なぜそんなイジワルをする必要がある！」

「あら。だっていい問題だもの。これくらいわからなきゃ、全国大会優勝はとてもムリよ」

ウインクする萌実にアンリが絶句する。

キロリは素朴な疑問を訊いてみた。

「ねえねえ主将、これって笛流くんは確定申告してないってこと？」

「そうだ」

「だってマンガの原作収入があるんでしょ？　それじゃあまさか……脱税⁉」

所得隠しは脱税の基本だ。キロリにもそれくらいはわかる。

（注1）　正しくは、「確定申告が必要となる所得税の納税義務者」。

「いや、申告する義務がないんだ。申告を怠っているのとは違う」

「なんで義務がないわけ？」

「……それは俺が知りたいことなんだが」

「あ、そっか。ん〜、実は収入がないとか……あっ！　ま、まさか、毬衣ちゃんが印税を独り占め……！」

「ひどぉい。ちゃんと分けてるよぉ」

「ごめんごめん。そうだ主将、どこかに寄付とかは？」

「寄付の場合でも、確定申告は必要だ」

「収入をすべてギャンブルにつぎ込んで……」

「どこの不良親父だ。だいたい、寄付にしろギャンブルにしろ、使い道は関係ない。収入があったら確定申告はしなければならないんだ(注2)」

「じゃーねー、うーんとー」

「もうネタ切れか？」

「なにそれ、自分で考えればいいじゃん」

文句を言うと、横で萌実がフフフと笑った。

「キロリちゃんを頼りにしているのよ。いいカップルってこと。うらやましいわねー」

（注2）会社員に確定申告の義務がないのは、所得税を源泉徴収されている上に、会社が行う年末調整が税額を確定してくれているからである。年末調整が確定申告の代わりになっているのだ。なお、会社員でも年収2000万円超であったり、副業収入が20万円超であったり、ふたつ以上の会社から給料をもらっている場合などは、確定申告が必要である。124ページ参照。

「なっ……」

二人の声が重なって、萌実がほら、とまた笑った。明らかに冷やかしている。

「なに言っちゃってんの、萌実ちゃん！」

キロリは話題を元に戻そうと必死で考えた。

「あっ、あたし、すごいこと考えついた！　きっとこれに違いないっ」

「……なんだよ」

ブスッとしつつもアンリが聞く。

「あのね、本当は笛流くんが稼いだのに、なんと別の人が受け取っているのよ！」

「別の人？」

「そう。えっとえっと、笛流くんのイジワルな継母が収入を横取りしているとかっ」

「キロリちゃあん、笛流に継母なんていないよぅ」

「人の家族を勝手に昼ドラにするな！」

「……でもね、キロリちゃん。その発想はいい線いってるわよ」

萌実が感心したように言う。

「うっそ、ほんと？　萌実ちゃん」

「藤原萌実のカイケー語録その五『隠された現実は、仮説の光で照らし出せ』ってね。何事も仮説を立てることは大事よ。あとは現場に足を運んで、よーく考えてみることねっ」

「……現場？」

5.

キロリ、アンリ、毬衣の三人は、笛流の家へ向かった。

萌実が「現場がどこかって、笛流くんの仕事場である自宅に決まってるじゃなーい」と言ったからだ。

「えーっとぅ、このへんからうちの町内でぇ、この先が笛流の家だよぉ」

毬衣の案内で家の前まで行って、キロリは仰天した。

「な、なにこれ……！」

目の前にそびえるのは豪邸だった。

『善』という表札の横には、『善税理士事務所』というプレートが掛かっている。

「おい、羽藤。笛流の家は税理士（注3）だったのか？」

「そうだよぉ。おじいさんが税理士さんなのぉ」

「なぜ、それを早く言わない……！」

（注3）税理士とは、納税者の求めに応じて確定申告の代理や書類作成、税務相談などを独占的に行える国家資格。

「ええっ、だって、知ってると思ってぇ。じゃあ、なんで笛流があんなに会計ができると思ってたのぉ？」

「それは……商業科だし、単に頭がいいと思っていたんだ」

「アンリくんってぇ、結構ツメが甘いよねぇぇ」

「うるさい！」

「――おい、お前ら。その家に近づくのはよせ」

突然の第三者の声に三人が振り返ると、そこにいたのは昨日の他校生だった。

「あぁっ、榎戸くんだぁぁ」

「……ちょっとアンタ、また笛流くんを脅しに来たの？　サイテー！」

「ち、ちがう。お前……らを見かけて止めに来たんだ」

「はあ？」

「危ないからやめろ。この家には関わるな」

「なんでよっ」

「……この家には、死体があるからだよ――」

第6話

「不死が最後にやってくる」

1.

「あの子たち、うまくやるかしらね」

萌実はひとり部室に残ってコーヒーを飲んでいた。

部員たちを善笛流の家へ送り込んだのにはわけがある。『笛流に確定申告の必要がないのはなぜか調べろ』というのは実はこじつけだ。

「善先生の家に、なにがあったのか……」

萌実はため息をつくと、黒いコーヒーに視線を落とした。

2.

「この家には、死体があるからだよ」

榎戸黒太が押し殺した声で言い、キロリは驚く。

「溺死体とか、焼死体とかの、あの死体?」

「そうだ。死んだ人間の体だ」

神妙に言う榎戸にキロリは沈黙した。そしてアンリがこれでもかというぐらいの高笑いを浴びせる。

「ハーッハッハッハ！　つまらないことを言う。死体だと？　ふっ、俺様は死体のひとつやふたつで驚きはしない。俺を脅すのなら、一万体ぐらいの死体があると言え！」

「この家の中で、なにが起こったんだよ！」

榎戸が叫ぶと、毬衣が割って入った。

「ちょっとぉ、話がズレてるよぉ。問題は、どぉして榎戸くんが死体を笛流の家に埋めたのかだよぉ」

「なぜ俺が殺したことになってる！」

わめく榎戸の肩にキロリがそっと手を置いた。

「アンタさ、もうなにも言わなくてもいいよ。大丈夫」

「お、おう。お前はわかってくれるのか」

「未成年だから、殺人で報道されても名前は出ないんだよ」

「なにが大丈夫なんだよ！」

「いいからいいから」

キロリが優しく榎戸の肩をさすると、榎戸の頬にさっと赤みが差した。するとぐいっとアンリに引っ張られて、思わず後ろによろけた。

「主将？」

「おい、お前。榎戸とか言ったな。アホばかり言っていないでちゃんと説明しろ」

「アホなことを言い始めたのはどっちだーっ！」

文句を言いつつも榎戸は説明した。

榎戸の祖父は税理士で、笛流の祖父とは旧友だ。その祖父の仕事を手伝っているときに、たまたま聞いてしまった。笛流の家には死体がある、と。

話を聞き終わった三人は、疑いの目で榎戸を見た。

「金魚の死体じゃないのー？」

みんなの気持ちを代表してキロリが言う。

「そんな感じじゃなかったんだ！　とにかく、危ないからこの家に近づくのはよせ」

真剣にキロリに言う榎戸に、アンリが冷たい視線を送る。

「……ふん。やけに親身だな。だが、人のクラブを潰そうとしたお前の言うことを、俺たちが信じるとでも？」

「……！」

「仮に死体の件が本当だとしても、お前が笛流を脅しているネタは他にあるんだろう？　俺たちに教えたら、これ以上脅せないからな」

「……」

「親切ぶるならそれを教えろ。この役立たずめが」

「さっきから、お前は一体ナニサマなんだよっ」

「白百合アンリ様だ！」

「……ふんっ、そうかお前が白百合か。お前がなあ、いくら長身でイケメンで全国簿記コンクールの中学生チャンピオンだったからって、調子に乗るなよ。ああそうさ、笛流を脅してるネタは他にある。だからお前は〝会計探偵選手権〟には出られないんだ。ざまあみろ！」

そう言うと榎戸は、なにやらもの言いたげな様子でじっとキロリの顔を見てから去っていった。

その様子を見ていたアンリと毬衣がキロリを見た。

そしてキロリは穴の開くほどアンリの顔を見る。

「ア、アンタって、簿記の全国チャンピオンだったの⁉」

「…………キロリちゃぁん、そんなことよりも榎戸くんがぁ」

「羽藤、放っておけ。コイツは昔から超がつくほどニブいんだ」

「なんの話よ。チャンピオンの話でしょ、いまは！」

「キロリ。お前、親戚連中から聞かなかったのか？　俺が優勝したって話を」

「聞いてないよ」

「……」

「ふうぅん。アンリくんは、キロリちゃんに知っておいてほしかったんだぁぁ」

ニヤニヤ言う毬衣をアンリが睨みつける。

「とにかく、妙な邪魔が入ったが今日の目的はこれで達成された。活動は終了。これにて解散！」

「えぇぇ、終了ぉ？　まだなにもしてないじゃなぁい」

「この家を見ただけで十分だ。なぜあいつに確定申告がいらないのか――謎は200%解けた」

3.

「笛流、どうしたのー？　さっきから窓の外ばっかり見てー」

「いいえ。なんでもありませんよ、お母さん」

笛流は窓から離れて、自分のデスクに戻った。

二階の事務所からは、四人の言い争う様子がよく見えていた。

「……お父さん、お母さん、あれからもう二週間ですよ」

笛流が両親に話しかけると、母がしみじみと答える。

「そうねー。時の経つのは早いわねー」

「……そういうことではなく、このままでいいんですか？」

「よくないかもしれないけど、他にどうしようもないし。榎戸さんが頑張って探してくださっているんだから、お任せしておけばきっと大丈夫よー」

「……」

「そうだぞ。せっかくのご厚意を無にするのは、よくないと父さんも思うなあ」

「……」

笛流は、二人に気づかれないようにそっとため息をついた。

「笛流、どこに行くのー？」

「……ちょっと、おじいさんのところに」

笛流は隣の所長室に行くと、祖父に話しかけた。

「おじいさん、僕は――」

4.

翌日。

会計探偵クラブの部室には、キロリ、アンリ、毬衣、そして顧問の萌実がいた。

「先生。笛流の件、わかったぞ」

「ええ、話してくれる？　アンリくん」

「笛流の家は税理士事務所だった。そこから導き出される結論はひとつ。笛流は会社を使っているに違いない。〝節税のための法人成り〟だ」

キロリは首をひねった。

「ほーじんなり？　なにそれ」

「実態は個人事業なんだが、形式上、会社組織に変えてしまうことだ。だから笛流はわざわざ自分のための会社を作っているはずだ（注1）。それだけで節税になる」

「えぇーそんな方法があるのぉ？」

毬衣が驚く。

「でも主将、それだと会社にお金が入るだけで、笛流くんには入らなくない？」

「いや、笛流の収入は会社から給与という形でもらうんだ」

アンリはホワイトボードに図を描いた。

（注1）　未成年者であっても会社を設立することは可能である。もちろん取締役などの役員になることもできる。ただし、親権者の同意は必要となる。

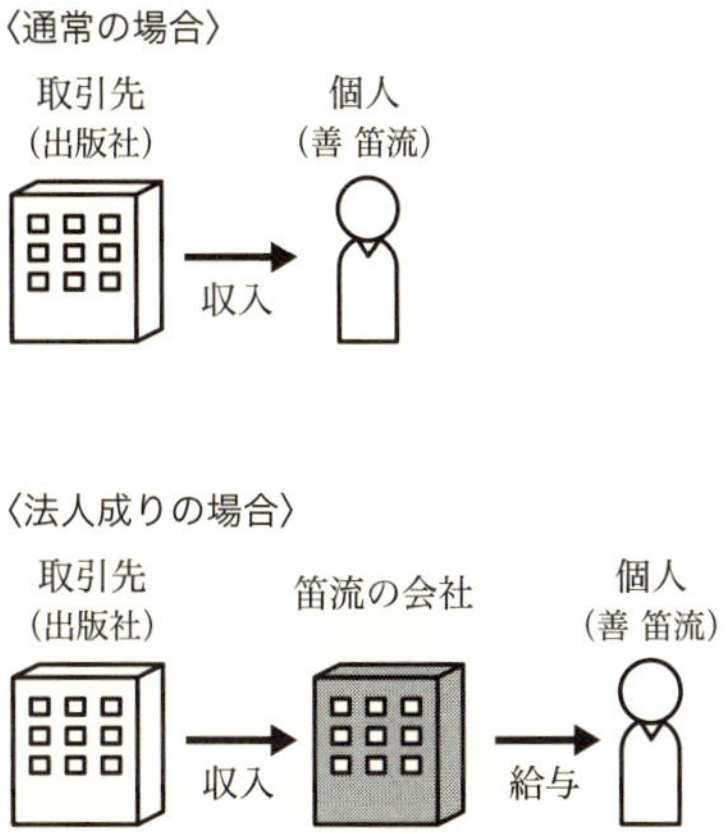

「どぉして、それが節税になるのぅ？」

「より多くの経費を計上できるからだ。税務では収入から〝経費〟を差っ引いて、税額を計算する。個人が直接受け取ると〝経費〟を差っ引く機会は一回だけだが、会社を通すと『取引先→会社』の段階で一回、『会社→個人』の段階で一回と、計二回〝経費〟を差っ引ける。差っ引ける機会が多い分、税金も少なくなるのさ。中小企業や個人だと、〝経費〟はより優遇されている。給与所得者の〝給与所得控除〟とかな」

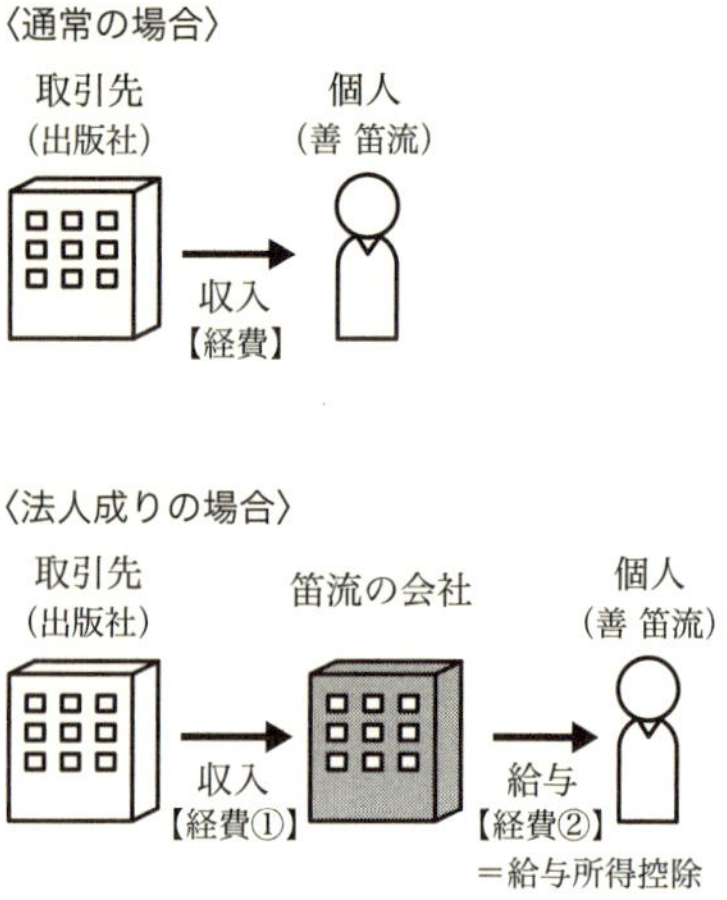

「これは節税ではよく使われる手法だ」

「えぇー、じゃあ、どうして笛流は私にもその方法を教えてくれなかったのぉ？」

「法人成りにはデメリットもあるからだろ」

「どんなぁ？」

「会社設立には金がかかるし（注2）、源泉所得税（注3）の納付も必要になるし、毎年決算書を作って法人税の確定申告もしなければならない（注4）。羽藤、お前にそれがで

（注2）株式会社の場合、登録免許税15万円、

きるか？」

「えぇぇっ、ムリムリィ」

「通常は1000万円ぐらい収入がないと無意味なんだが、笛流の家は税理士事務所だ。身内に税理士がいるということは、法人成りにかかる煩雑な手間も無償でやってくれる。これでデメリットはかなり解消されることになる。そして、笛流自身の会社とはいえ会社員なのだから、確定申告がなくても当たり前。わかったか、羽藤」

「うーん、なんとなくぅ」

「笛流に確定申告の必要がないのは、法人成りをしているから。これが答えだ。……どうだ、先生？」

自信満々に萌実に言って、アンリはふふんと笑った。

5.

「……アンリくんさあ、どうしてそう思ったの？」

萌実が聞く。

「それは、笛流の家に行ったら、税理士事務所の看板がかかっていたからだ」


定款認証手数料5万円などが最低かかってくる。
（注3）　会社が社員からの給与天引きなどにより源泉徴収した所得税。会社が税務署に支払う。
（注4）　このほか、赤字であっても住民税の均等割（最低7万円）を支払う必要があることや、交際費の経費が制限されるなどのデメリットが発生する。

「家の中には入ったの？　笛流くんの家の人には会った？」

「いや、入るまでもない」

「そっかあ……それじゃあ偵察に送り込んだ意味がなかったわねー……」

「偵察？」

「ああ、こっちの話よ。ちなみにアンリくんの推理はね……ハズレよ。ハ・ズ・レ！もー、なにやってるのよ、ちゃんと家の人の話を聞かなきゃダメじゃない。藤原萌実のカイケー語録その六『会話から計算すると書いて〝会計〟』！」

「……絶対ウソだろ、その語録」

「そんなことないわ。会計監査でも、帳簿以上にヒアリングを重視するの。会話は真実に一番近づけるからよ。まっ、こんなこともわかんなくて、玄関先で引き返してくるようじゃ子供よね。お子様には、県予選の一回戦突破も難しいんじゃない？」

「……なんだと」

「あーあ、私の見込み違いだったみたいね。しかたないわ、部長の真座さんと今後の方針を……」

部室を出て行こうとする萌実に、キロリは勢い込んで言った。

「ま、待って、萌実ちゃん！　もしかして、こうじゃない？」

キロリはアンリからペンを奪い取って、ホワイトボードに図を描いた。

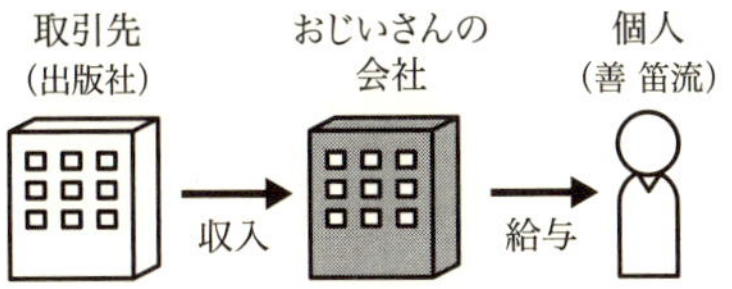

「笛流くんの会社を通すんじゃなくて、実際に既にある会社……つまりおじいさんの会社に一度入ってるの。だって、ちゃんとした事務所があるのに、わざわざ自分で会社を作るなんて、メンドくさくない？　ね、主将」

思いつくままにまくし立てて振り返ると、アンリが静かに首を横に振った。

「……残念だがキロリ、その方法には意味がない」

「えっ、なんでよ？」

「笛流自身の会社なら、節税対策をして税金を減らすことはいくらでもできる(注5)。しかし、既にある会社を通す場合はそうもいかない。祖父の会社のほうが、より多くの税金を払うことになりかねない(注6)」

「……あ、そうか、規模が大きいといろいろしにくいもんね……」

キロリが肩を落としたそのとき、パチパチと拍手がした。萌実だった。

「ピンポーン、せいかーい！　大正解よ、キロリちゃん。笛流くんの印税は、善先生の会社に入っているの」

「えーっ、そうなの⁉」

「ただしね、笛流くんがもらうお給料はあくまで事務所の一員としての微々たるものだけ。印税収入自体は、すべておじいさんの会社の売上として計上されているの。つまり、笛流くんは節税目的でもなんでもなく、ただ事務所全体の収入を助けているのよ」

「な……なんだと？　そんな単純なことだったのか⁉」

アンリが愕然とした様子で言うと、萌実がパチンとウインクをした。

「すぐ節税、節税で考えちゃうのは、税務知識がある人間の悪いクセね、アンリくん」

「……」

(注5)　ここでいう節税対策とは、意識的に会社の利益を減らすことで、会社の税金額を低く抑えることを指す。たとえば、会社にかかる法人税の税率30%（原則）と個人にかかる所得税の税率5～40%のバランスを考えながら、一番低い税率になるように「会社→個人」の役員給与※を決めることも節税対策のひとつ。
なお、この節税対策では法人事業税や住民税も考慮しなければならず、思うように調整できるわけではない。

また、ここで厄介なのは、いまの税法では事前

「笛流くんの家は、昔から家族みんなでおじいさんの仕事を手伝っていたからね。ちゃんと笛流くんの家の中に入って、あの家族がどれだけお互い助け合っているか見てきたら、わかったかもしれないのに。看板見て帰って来ちゃうなんてねえー……」

「くっ……」

「待ってぇ、萌実ちゃぁん。アンリくんをかばうわけじゃないけどぉ、途中で邪魔が入ったのよぅ。王子学院の榎戸黒太くんが来てぇ、死体がどうこう言ったからぁ」

毬衣の言葉に萌実は目を丸くした。

「死体⁉」

「そうなの、萌実ちゃん」

キロリが事の成り行きを説明すると、萌実はあんぐりと口を開けた。

「ちょっと待って、アンリくん……あなたこの話を聞いて、笛流くんが脅されている理由に気がつかなかったの？」

「なに？」

「あああ……そっかあ……やっぱりいくら会計の知識があっても、業界事情まではわからないわよね……それはそうよねー……」

「どういうことだ、先生？」

「……よく聞きなさい、アンリくん。あなたを昨日笛流くんの家へ向かわせた本当の

に「会社→個人」の役員給与を決め、原則一年間はその金額を変えられない点にある。つまり、利益がたくさん出たからといって役員給与を急に増やすわけにはいかず、損失がたくさん出たからといって役員給与を急に減らすわけにはいかない。
※一般的に法人成りの場合、個人が代表取締役になるので、給与ではなく役員給与になる。
（注6）　税率によっては、出版社から個人が直接受け取る（所得税率5～40%）よりも、会社を通したほうが（法人税率30%）、税金が多くかかる場合がある。

理由はね、彼の助けになってほしいからなの。笛流くんはいま、脅されている理由のことでとっても苦しんでいるわ。……私もなんでも協力するから、大切な仲間として彼を助けてあげて――」

6.

萌実が出て行った部室で、アンリはソファに座り込んでうめいた。

「どういうことだ……先生は全部知っているのか？」

「まあまあ、元気だしてぇ。はい、牛乳だよぉ、アンリくぅん」

「羽藤。お前、笛流のじいさんとやらは知っているのか？」

「え、なんでぇ？」

「先生の話を聞く限り、笛流の秘密には例の死体が絡んでいる。そして榎戸黒太が死体のことを聞いたのは、祖父からだ。その祖父は笛流の祖父の友人。つまりキーは、笛流の祖父ということになる」

「ああ、そっかぁ。うーんと、笛流のおじいさんはねえ、税理士さんでー、優しいんだけどなに考えてるかわかんないとこがあってぇ……あっ、ちょっと笛流に似てるかな？　だからなのかなぁ。あの事務所を継ぐのは笛流のお父さんじゃなくて、笛流なんだってぇぇ」

「……なに？」

「笛流はねぇ、だから絶対に税理士にならなくちゃいけないんだってぇ」

それを聞いて、キロリは思わず声をあげた。

「えーっ、じゃあさ、もしかして跡を継がせてもらえないことに腹を立てたお父さんが、邪魔な笛流くんを殺《や》っちゃったってことじゃない⁉　死体の正体は……笛流くん⁉」

「キロリちゃぁん、笛流、今日も学校に来てたよぉぉ」

「じゃあ、笛流くんのほうがお父さんをグサッ！　跡目争いに余計な口を出してきたので、ひとおもいに……！」

「キロリちゃぁん、また昼ドラなのぉ？　どれだけ凄惨な事件が起きてるのよぉ」

「だって、じゃあ死体って誰の死体なのさ？　本当に金魚なわけじゃないでしょ？」

「うぅ、それはぁぁ」

「……待てよ」

二人の会話を聞いていたアンリが口を開いた。

「先生が言っていた、『会話から計算すると書いて〝会計〟』。もしかして、これまでの会話に重要なヒントはなかったか……？」

「えっ、まさか本当に金魚が⁉」

身を乗り出したキロリと毬衣のことを見ているのかいないのか、イライラした様子のアンリが髪をかきあげる。

「死体……跡継ぎ……そして、もしかしてアレか？　先生の『業界事情まではわからないわよね』という言葉」

「はあ？」

キロリはまったく意味がわからなくて首をひねった。

「……この三つがポイントだとすると、導き出される結論はひとつしかない。クソッ、そういうことかっ！」

「どっ、どういうこと？」

「笛流が必死に隠そうとしているのも無理はない。……助けてやってくれって、俺たちに一体なにができるって言うんだ？　この問題は、俺たちが介入できる範囲を超えている……！」

「ちょっとー、だからなんなのさ！」

切れたキロリを、やっとアンリが見る。

「いいかキロリ。この謎を解く鍵は……〝不死の税理士〟だ」

7.

答えをせがむキロリと毬衣に、アンリは一日くれと言った。

そして翌日。

会計探偵クラブのメンバーは、ふたたび善税理士事務所の前に来ていた。

キロリ、アンリ、毬衣、そして……。

「ちょっとぉ、私、職員会議があるんだけどー！」

萌実である。

「なんでも協力すると言ったのは先生じゃないか」

「うぅ〜〜」

アンリは萌実の抗議を無視してインターホンを押す。

ほどなくして玄関のドアが開き、笛流が現れた。

「……なにしに来たんですか？　アンリさん」

「なにって、遊びに来たんだ」

「……」

「なあ、キロリ」

「ええっ、そ、そうね。うん、間違いない。あたしたちは、遊びに来た」

しどろもどろで答えるキロリにため息をつくと、笛流は一番後ろにいる萌実に目を留めた。

「先生まで」

「えっ、あ、こ、こんにちは、笛流くん。最近部活に来ないから、どうしたのかなーっと思ったのよー」

「……」

「ご、ご家族の方は？」

「両親はクライアントのところにそれぞれ月次巡回ですよ」

「へぇ、そうなの。それで、ええっと……」

「まぁまぁ萌実ちゃん、立ち話もなんだからぁ、奥にどうぞぉ」

毬衣が萌実の腕を取るとズカズカと玄関に入り、キロリたちに手招きをした。

「みんなもぉ、遠慮せずにどうぞぉどうぞぉ」

「……毬衣さん、それはあなたの言っていいセリフではありません」

笛流がさすがにひきつった笑顔で言ったが、ちょうど携帯電話の着信音が響き、ジーンズのポケットから電話を取り出した。画面を見て、迷った様子で結局応答した笛流が話しているスキに、全員で「お邪魔しまーす」と上がってしまう。

「とりあえずこっちへどうぞぉー」

毬衣が勝手知ったる様子で案内したのは、一階にある仕事用の応接室だ。

「……お茶を飲んだらさっさと帰ってくださいね」

「笛流、俺は牛乳にしてくれ」

アンリの注文に口元をヒクヒクさせながら、それでも笛流は言われたとおりに牛乳を持ってきた。

「どうぞっ！」

なに食わぬ顔で、出された牛乳を飲んでいたアンリだが、徐々に顔をしかめ始めた。

「……なんだか体が……笛流、お前、牛乳になにか入れたか？」

「まさか。もっとも賞味期限は確認しませんでしたけどね」

「……」

「アンリさんともあろうお方が、牛乳で腹下しですか？　これは愉快ですね。トイレなら突き当たりにありますよ」

「バカ言え。この俺様がオナカピーピーだと言うのか⁉」

「では行かないんですね」

「そこまで言うなら借りてやろう」

「……ごゆっくりどうぞ」

アンリが出て行くと笛流は張りついたような笑顔をキロリに向けた。

「それで、ご用件は？　おとといもなにやらうちの前で話していましたね」

「あれ、知ってた？」

「二階の事務所から丸見えですから。榎戸くんになにを言われたんですか？」

「うーんと……この家には死体があるから近づくなって」

「……ほお。彼がそんなことを」

「ねえ、その件で脅されてたの？」

「……榎戸くんはバカですね。どうしてわざわざそんなことを」

「それはぁ、多分キロリちゃんに近づく口実が欲しかっただけだと思うよぉ」

「はぁ？」

キロリの目が点になる。

「キロリちゃんはねえ、気軽にスキンシップしすぎなんだよぉ。この年頃のオトコノコはデリケートだからぁ、ちょっと触られただけでドキドキしちゃうんだよぉ」

「なんの話？」

「初めて榎戸くんに会ったときにぃ、押し倒したじゃなーい。忘れちゃったのぉ？」

「……キ、記憶ニゴザイマセン」

「アンリくんだって警戒心がなさすぎるって思ってると思うよぉ。おとといも、ちょっと怒ってるみたいだったもん。キロリちゃんが榎戸くんの肩をなで回したときにぃ」

「な、なで回した？　あたしが？」

「ええっ、覚えてないのぉ」

二人の会話に萌実がくすくすと笑った。

「キロリちゃんもスミに置けないわねぇ。それで、どうなのよ？」

「どうって？　萌実ちゃん」

「キロリちゃん的に、その榎戸くんはアリ？　ナシ？」

「うーん。そうだなー、あのゲジゲジ眉毛はナシかなー。ね、毬衣ちゃん」

「わかるわかるぅ。けっこういい顔してるのにぃ、あの眉毛ですべてが台無しだよねぇぇ」

毬衣が同意すると萌実が噴き出した。

「あはっ。そうなんだー」

女子三人で笑い合ったとき、笛流が軽くテーブルを叩いた。

「あなたたちは、一体ここへなにしに来たのですか？　ガールズトークですか？」

「あっ、仲間に入りたかった？　笛流くん」

「そんなこと、ひとことも言っていません！」

「そんなこと言わないでぇ、笛流もおしゃべりしようよぉ」

「結構です！　さあ、お茶も飲み終わりましたね、帰ってください！」

「えー、だって主将がまだオナカピーピーだしさー」

キロリが内心あせりつつそう言ったとき、ドアがギイッと開いた。

「……キロリ、芝居はもういいぞ」

アンリだった。

「芝居？」

笛流の表情が曇る。

「ああ。悪いがこいつらが時間を稼いでいる間に、家捜しさせてもらった」

「なっ……！」

「大体において、この俺様が愛する牛乳でオナカピーピーなどありえん！」

胸を張って言うアンリに笛流は絶句した。

「それで、なにかわかったの？　主将」

「……ああ。死体の正体がな」

8.

ついてこい、と言ってスタスタと階段へ向かうアンリを、さすがに笑顔を失った笛流が押しとどめた。

「ちょっ……どこに行くんですか、やめてください、勝手に！」

「……笛流、もうあきらめろ。俺が楽にしてやる」

真剣に言うアンリに、笛流は息を飲んだ。

「先生も、知っていたんだろう？」

アンリが振り向いて言うと、ちょうど部屋から出てきた萌実がうなずいた。

「察していた、と言ったほうがいいかしらね」

「……そういえばぁ、萌実ちゃん、笛流のうちのことよく知っているみたいだったよねぇぇ」

「毬衣ちゃんほどじゃないわよ。まあ、善三世《ぜんみつよ》先生はこの辺じゃ有名な税理士だったし、この世界は狭いからね」

萌実が言葉を切ると、アンリが引き取った。

「……そう、善三世氏は税理士だった。念のために先生が部室に置きっぱなしにしている税理士名簿でもたしかめた。だが笛流、県内で〝善〟という税理士は三世氏だけだった。……つまり、お前の両親は税理士じゃない」

「……」

「この状態で〝死体〟が出てくれば……つまり誰かが死んで、それでお前が脅されているとなれば、問題は明白だ。つまり……この事務所は、違法営業をしているんだ」

「違法営業⁉」

キロリは意外な言葉に驚いた。

「死体の正体は、善三世氏だ」

「ええーっ」

9.

アンリは階段を上りながら説明した。もう笛流も止めなかった。

「三世氏はこの事務所唯一の税理士だ。その三世氏が亡くなれば、残るのは素人の集団だ。いくら実務に明るくても、税理士以外の者が税務業務を行うのは違法なんだ」

「じゃあ、笛流くんが榎戸黒太に脅されていた理由は、違法営業？　ていうか、なんで榎戸黒太はそのことを知ってたわけ？」

「キロリちゃぁん、榎戸くん、おじいさんから聞いたって言ってたじゃなぁい」

「あっ、そっか……主将、それで？」

「恐らく、こういうことだ。三世氏が亡くなって、困った笛流の両親は三世氏の旧友である榎戸税理士に相談に乗ってもらった……そこで、廃業にならない裏技を教えてもらったんだ」

「裏技？」

「〝不死の税理士〟」

「あ、昨日言ってたやつ」

「そうだ。さっきも言ったとおり、税理士事務所は、税理士がいなければ廃業するしかない。だから税理士が一人の事務所は、生前に若い税理士を見つけてきたり、税理士資格を持った税務職員の天下りを受け入れたりするんだ。だが、今回は間に合わなかったのか、そうした対策が取れなかった。……そうだな、笛流？」

アンリが聞いても、笛流は黙ったまま肯定も否定もしなかった。アンリは説明を続ける。

「……税理士会に死んだことを報告しなければ、その税理士は書類上生き続けることになる。すなわち、〝不死の税理士〟だ」

「……それで、死体を隠していたんだ……」

キロリが小さく言うと、笛流が驚いた。

「死体？」

「隠してるんでしょ？」

「まさか」

「もう隠さなくてもいいよ……主将、見つけた？」

「ああ、見つけた。見るか、キロリ？」

「えっ⁉　え、遠慮するっ」

「まあそう言うなよ」

嫌だというのに、アンリにぐいぐい引っ張られて、キロリは所長室というプレートのついたドアの前まで来た。毬衣と萌実もそれに続く。

「こつ、この中に……？」

「ああ。開けるぞ。1、2、3……！」

「ギャーッ！　ヤメテーッ‼」

そこにあったもの。

——それは位牌と遺影、そして真っ白い布に包まれた骨壺だった。

10.

「ひゃ、ひゃひゃひゃ……」

「落ち着け、キロリ。死体の正体は、遺骨だったんだ」

「な、なによ……じゃあ、死体っていうのは、榎戸黒太のカン違い⁉」

人騒がせな！　とキロリが怒っていると、毬衣がクスクスと笑った。

「もしかしてぇ、キロリちゃんを怖がらせようとしただけかもよぉぉ。ね、アンリくん」

「……さあな。どちらにしろ、事実は家族だけで荼毘に付したんだろう。だが、亡くなったことを隠しているので、表立った通夜も葬式もできなかった……違うか、笛流？」

聞かれて笛流は刺すような目でアンリを睨んだ。

「そうですよ。……これで、満足ですか？　アンリさん。葬式も出せずに僕たちが必死で隠していた秘密を暴いて、それであなたは英雄気取りですか？　違法営業をしている事務所があると税理士会に報告しますか？　それであなたは正義のヒーローになれるんですか⁉」

「笛流ぅ……」

笛流の袖を、なだめるように毬衣がそっと引いたが、笛流はそれを振り払った。

「僕たちもこれでいいとは思っていません。いま、榎戸先生が後継者にふさわしい人を一生懸命探してくれているんです。そういう……そういう大勢の人たちの必死な努力を、あなたはムダにしようっていうんですか⁉」

激昂する笛流を、アンリは冷静に見返した。

「それで、代わりの税理士は見つかったのか？」

笛流は言葉につまった。

「……いえ。全然見つからないと、さっきも榎戸先生から電話が……」

「そうか。――まあ安心しろ、笛流。この俺様が楽にしてやるとさっき言っただろう？」

「……え？」

「よく聞け笛流、この俺様に不可能はない！　これを見ろ‼」

アンリがぐいっと腕を引いた。

「え、な、な、なに⁉」

前に引っ張り出されてあわてふためいているのは、萌実だった。

「この人は教師であると同時に会計士だ。当然、税理士の資格も持っている。屋上で昼寝ばかりしている暇そうな税理士資格保有者など、ここの所長にはうってつけだろう！」

「……も、萌実ちゃんをここの所長に？」

キロリが言うと、アンリはフンと鼻で笑った。

「そうだ。税理士名簿を持っているということは、税理士登録をしているはずだからな」

「そうなの？　萌実ちゃん」

「そ、それはしているけれど……」

「だからこの問題は解決だ。私立高校の臨時教員なんだし、二足のわらじくらい履けるだろ、先生」

「ま、待ってよアンリくん、そんなこと簡単に決められないわ」

「俺に解決させようとしたのは、先生だろう？　逃げるのか？」

萌実はうっとつまってしばらく考えていた。それから上目づかいに笛流を見る。

「えーっと、笛流くん、私だったらどうかしら？　きみが税理士の資格を取るまでの臨時所長として……」

笛流はしばらく考えた末、口を開いた。

「……両親は僕が説得します。先生なら、きっと喜んでくれると思います」

おおー、と一同から拍手が湧き起こる。

「笛流くん……善先生にはね、昔お世話になったことがあるの。私でよければ、その恩をちょっとでも返させてもらうわ」

「……ありがとうございます」

「お礼なら、アンリくんに言ってあげて。きみを助けるために、一生懸命考えてくれてたのよ。いい仲間じゃない」

「フン。俺は売られたケンカを買っただけ。なんとかしてみせろと言ったのは先生だ」

鼻息荒くアンリが言うと、笛流は苦笑した。

「……アンリさん、お礼は必ず〝会計探偵選手権〟でしますよ。みんなで一緒に全国大会に行きましょう――」

11.

試験だなんだと忙しくしていると、あっという間に終業式になった。これでいよいよ夏休み、そして大会だ。

「それにしてもさー、三人目って誰なのかな?」

キロリは一緒に下校していた毬衣に話しかけた。

〝全国高等学校簿記コンクール　競技会計の部〟県予選大会を一週間後に控えたいまになっても、アンリ、笛流に続く三人目のメンバーについて、二人は知らされていなかったのだ。

「萌実ちゃんもぉ、ケチだよねぇ」

話しながら校門を出ると、Tシャツ姿の男子が門柱に寄りかかっていた。二人を見て手をあげる。

「よぉっ、お二人さん。今日もいい天気だな」

キロリは不審に思って小声で毬衣に尋ねた。

(毬衣ちゃんの知り合い？)

(えぇぇ？　忘れちゃったのぉ、榎戸黒太くんだよぉぉ)

(うそっ、こんなにイケメンだった⁉)

(あぁぁ、眉を細くしてるねぇぇ。髪型もなんかサワヤカに……)

(くそぅ、一瞬見惚れちゃったじゃん！)

「どうした、杏莉さん？」

「なっ、なんであたしの名前を！」

「いや、笛流に聞いてサ」

榎戸は照れくさそうに頭をかいた。

「いいけどぉ、榎戸くん、なにしに来たのぉ？」

「会計探偵選手権のことで……ちょっとな。芙藍学園チームの最後のメンバーのことなんだが――」

榎戸の言葉に、キロリと毬衣は仰天した。

「えーっっ！　まさか、アンタが三人目⁉」

「どこの不良親父だ。だいたい、寄付にしろギャンブルにしろ、使い道は関係ない。収入があったら確定申告はしなければならないんだ」

＊

「笛流は会社を使っているに違いない。〝節税のための法人成り〟だ」

キロリは首をひねった。

「ほーじんなり？　なにそれ」

「実態は個人事業なんだが、形式上、会社組織に変えてしまうことだ。だから笛流はわざわざ自分のための会社を作っているはずだ。それだけで節税になる」

「えぇーそんな方法があるのぉ？」

毬衣が驚く。

「でも主将、それだと会社にお金が入るだけで、笛流くんには入らなくない？」

「いや、笛流の収入は会社から給与という形でもらうんだ」

＊

〈第５話　p.209／第６話　p.220より抜粋〉

「どぉして、それが節税になるのぅ？」

「より多くの経費を計上できるからだ。税務では収入から〝経費〟を差っ引いて、税額を計算する。個人が直接受け取ると〝経費〟を差っ引く機会は一回だけだが、会社を通すと『取引先→会社』の段階で一回、『会社→個人』の段階で一回と、計二回〝経費〟を差っ引ける。差っ引ける機会が多い分、税金も少なくなるのさ。中小企業や個人だと、〝経費〟はより優遇されている。給与所得者の〝給与所得控除〟とかな」

＊

「会社設立には金がかかるし、源泉所得税の納付も必要になるし、毎年決算書を作って法人税の確定申告もしなければならない。羽藤、お前にそれができるか？」

「ええぇっ、ムリムリィ」

〈第6話　p.221、p.222より抜粋〉

＊

「笛流くんの会社を通すんじゃなくて、実際に既にある会社……つまりおじいさんの会社に一度入ってるの。だって、ちゃんとした事務所があるのに、わざわざ自分で会社を作るなんて、メンドくさくない？　ね、主将」

思いつくままにまくし立てて振り返ると、アンリが静かに首を横に振った。

「……残念だがキロリ、その方法には意味がない」

「えっ、なんでよ？」

「笛流自身の会社なら、節税対策をして税金を減らすことはいくらでもできる。しかし、既にある会社を通す場合はそうもいかない。祖父の会社のほうが、より多くの税金を払うことになりかねない」

「……あ、そうか、規模が大きいといろいろしにくいもんね……」

〈第6話　p.225、p.226より抜粋〉

なるほど！税金講座 9

税金がちょうど安くすむ年収は？

10年ほど前、私がまだ会計士受験生だったころ、知人の男性から電話がありました。

「税金がちょうど安くすむ年収はいくらなの？」

当時の私は、税金のことなどまったく知りません。そのときの会計士試験制度では、まだ税金の勉強をしなくてもよかったのです（今の試験制度では必要です）。

正直に「まだ受験生なので知りません」と言えばよかったのに、

私にも変なミエがあったのでしょう、「人によって若干違う場合があるので……」とその場は適当にごまかして、あわてて税金の本を買いに走りました。

買い求めた本には下のような「所得税額速算表」がありました（これは現在の速算表で、10年前当時の速算表とは数値が異なるのですが、ややこしいのでいまの数値に置きかえて話を進めます）。

私はこれを見ればいいのだと思い、さっそく表を見ながら電話をかけました。

「330万円を超えると税率が20％で、695万円を超えると23％、900万円を超えると33％になるので、ちょうど330万円か695万円か900万円だと低い税率ですみますよ」

彼はありがとうと私にお礼を言いました。

——私がこの返答の大間違いに気がついたのは、それから1年後

所得税額速算表

課税される所得金額	税率	控除額
195万円以下	5%	0円
195万円超　330万円以下	10%	97,500円
330万円超　695万円以下	20%	427,500円
695万円超　900万円以下	23%	636,000円
900万円超　1,800万円以下	33%	1,536,000円
1,800万円超	40%	2,796,000円

（注）たとえば「課税される所得金額」が340万円の場合、求める税額は次のようになる。
340万円×20％－42万7500円＝25万2500円

のことでした。

さて、私は一体なにを間違っていたのでしょうか？

それは「超過累進課税」に対する基本的な考え方です。

仮に速算表が下のような場合だったらどうでしょう。

この場合ですと、単純に所得額に応じて税率が上がっていきます。これを「累進課税」と言います。

この累進課税のメリットは、とてもわかりやすいという点にあります。

デメリットは不公平が生じる点。

たとえば、所得が３３０万円だった人が３４０万円に増えた場合の税額を比べると（左下の図をご覧ください）、所得が10万円増えたことによって、税額が35万円も増えてしまいます。その結果、手

（仮）累進課税での速算表

課税される所得金額	税率
195万円以下	5%
195万円超　330万円以下	10%
330万円超　695万円以下	20%
695万円超　900万円以下	23%
900万円超　1,800万円以下	33%
1,800万円超	40%

取り額は25万円も減ってしまうのです。

これでは、給料が上がる度にビクビクしなければなりません。

所得がほぼ同じなのに、税額が大きく異なる――これは不公平です。

講座8で説明したとおり、「不公平」は税金がもっとも嫌う言葉です。当然、「累進課税」は採用されませんでした。

現在採用されているのは「超過累進課税」です。

その名のとおり、「超過」している部分だけ「累進課税」をかけていく制度です。

先ほどと同じケースで比べてみると、次ページ下のようになります。

まず所得を段階ごとに分解して、その段階の税率をそれぞれ掛け

所得	税率	税額		所得	税額	手取り
330万円	×10%	=33万円		330万円	−33万円	=297万円
10万円増 ↓		35万円増 ↓				25万円減 ↓
340万円	×20%	=68万円		340万円	−68万円	=272万円

ていくのです。

この結果、３３０万円のときは23万２５００円、３４０万円になると25万２５００円の税金がかかります。10万円の所得アップに対して税額が２万円アップですから、それほど不公平感はないでしょう。

なお、「所得税額速算表」を使う場合は、「控除額」の欄を引くことで、段階ごとの税率を掛ける役割を果たしています。

超過累進課税とは、「公平に、かつ徐々に負担を重くする仕組み」です。

ですから、知人の質問「税金がちょうど安くすむ年収」に対する答えは、「そんなものはない！」なのです。このことに気がついたとき、私は穴があったら入りたいほど恥ずかしくなりました。

公平面に関しては、税金のシステムはなかなかうまくできているのです。

330万円＝195万円＋135万円
195万円×5％＝9.75万円
135万円×10％＝13.5万円　←　超過部分
9.75万円＋13.5万円＝**23.25万円**

340万円＝195万円＋135万円＋10万円
195万円×5％＝9.75万円
135万円×10％＝13.5万円
10万円×20％＝2万円　←　超過部分
9.75万円＋13.5万円＋2万円＝**25.25万円**

なるほど！ 税金講座9

まとめ

税金がちょうど安くすむ年収　→　そんなものはない

累進課税

単純に所得額に応じて税率が上がっていく。
段階の境目前後で税額に不公平が生じる。

超過累進課税

所得を段階ごとに分解して、その段階の税率をそれぞれ掛ける。
公平に、かつ徐々に負担を重くする仕組み。

超過累進課税制度を採っている税金

所得税・相続税・贈与税など。

なるほど！税金講座 10

「会社員でも確定申告すれば経費が落とせるんですか？」

「会社員でも確定申告すれば経費が落とせるんですか？」

こういう質問もよく受けます。

そう考えたくなる気持ちもわかります。

しかし結論から言うと、会社員は確定申告をしても経費は落とせません。なぜなら、会社員はすでに「経費を落としたことになっている」からです。

会社員のみなさん、がっかりせずに理由を聞いてください。

繰り返しますが、会社員はすでに経費を落とした……つまり、経費を計上して申告したことになっています。

すでに経費を落としているのに、さらに確定申告で経費を落とすとダブルカウント、二重計上になってしまうので、これは認められないのです。

ではなぜ、落とした覚えもない経費が、すでに落とされたことになっているのでしょうか？

この謎を解く鍵として、自営業者が使う事業所得の計算式と、会社員が使う給与所得の計算式との違いをご覧ください。

〈自営業者〉　収入－必要経費（実額経費）＝事業所得

〈会社員〉　収入－給与所得控除（概算経費）＝給与所得

それぞれ収入から差し引くものが異なります。

事業所得の場合は、実際にその事業のために使った経費、すなわち実額経費を差し引きます。これを必要経費と呼びます。必要経費とは、「その収入を得るために必要な経費」のことです。

一方、給与所得の場合は必要経費ではなく、給与所得控除という名の概算経費を差し引きます。

この**給与所得控除こそが、会社員における経費**です。

その金額は下の表のような計算式で事前に決められています。

これも「超過累進」です。しかし、給与が増えるほど経費の割合は減っています。給与が高い人に、よりたくさんの税金を払ってもらうためです。

会社員の方は、毎年会社から12月の給与明細と一緒にもらう「給与所得の源泉徴収票」を見てみてください。「支払金額」の横に、「給与所得控除後の金額」が書かれているはずです。その差額が給与所得控除額です。速算表と同額になっているはずなので、ぜひ計算してみてください。その金額が、つまりあなたの経費なのです。

給与所得控除額の速算表

給与等の収入金額（給与所得の源泉徴収票の支払金額）	給与所得控除額
180万円以下	収入金額×40% 65万円に満たない場合には65万円
180万円超　360万円以下	収入金額×30%＋18万円
360万円超　660万円以下	収入金額×20%＋54万円
660万円超　1000万円以下	収入金額×10%＋120万円
1000万円超	収入金額×5%＋170万円

（注）給与所得の源泉徴収票が２枚以上ある場合は、それらの支払金額の合計額で適用。

支払金額５００万円の場合

給与所得控除額
５００万円×20％＋54万円＝１５４万円

このように、会社員は給与をもらうと経費が自動的に落とされるので、改めて確定申告をして経費を二重に計上することはできないのです。

さて、事業所得が実額の経費なのに対し、給与所得では概算額、それも法律が決めた法定額が経費となっています。

経費といえば、普通は実額だと考えるものですが、なぜ、会社員の経費は実額ではなく概算額なのでしょうか？

忙しい会社員は経費を計算するヒマがないから、というわけでは

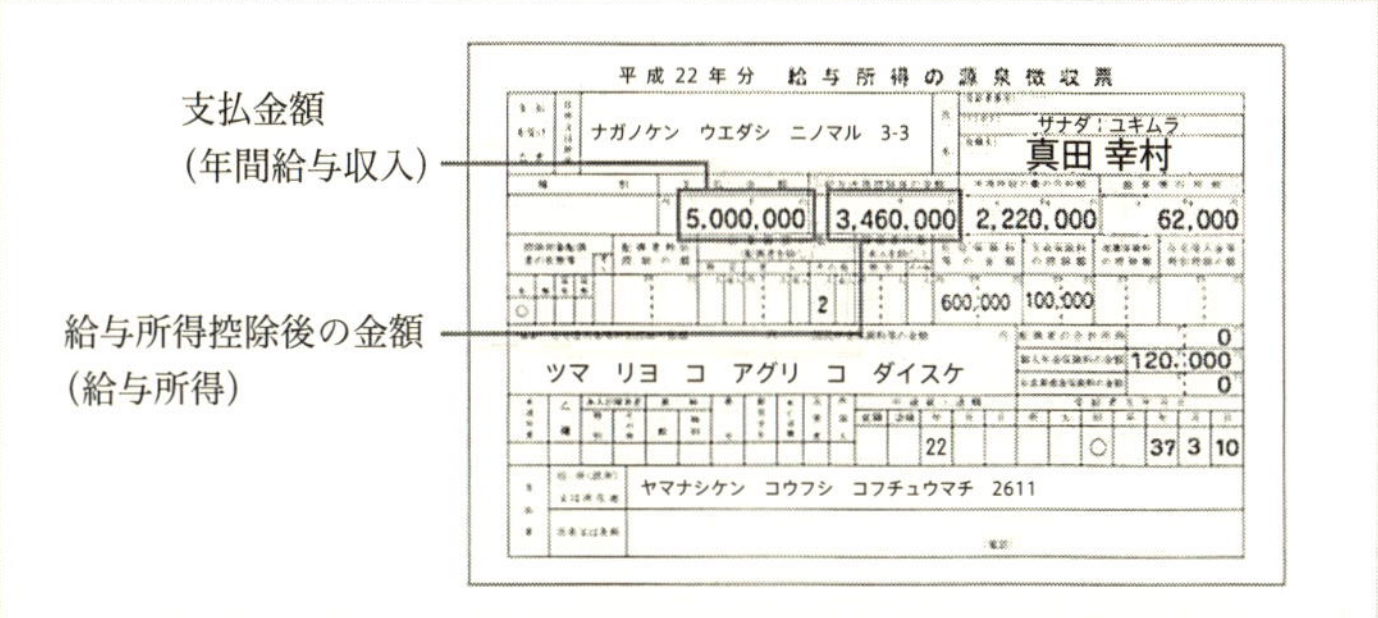

ありません。忙しい自営業者も経費の計算は大変です。

自営業者が計算した経費は信用するけど、会社員が計算する経費は信用できないから、というわけでもありません。

このわけは、最高裁が説明してくれています。

実は、実額が認められていないこの状況は、憲法第14条1項（法の下の平等）違反だとして、過去に最高裁まで争われたことがあったのです（大島サラリーマン訴訟（注1）／1985年3月27日判決）。

判決では、実額ではなく概算額の給与所得控除が認められたのですが、その根拠として「給与所得は必要経費の範囲が不明確だ」「実額だと人の主観によって判断が異なるので不公平が生じる」というものが挙げられました。これが概算額である理由です。

つまり、**事業所得ですら仕事なのかプライベートなのかの区別が難しいのに**（注2）、**会社員だとさらにわかりづらい**、ということで

（注1）「サラリーマン」とあるが、原告は私立大学の教授。一般的に大学教授は「サラリーマン」とは呼ばれないが、給与収入を得ているため税金のうえでは「サラリーマン」になる。

（注2）講座6、132ページ参照。

す。たしかに会社員には、本代や新聞代、スーツ代、電話代、ガソリン代、交際費など、公私どちらとも言えるような経費が多いです。

また、大勢いる会社員が経費を計算して実額を出すと、確定申告をチェックする税務署側の作業が大変になる、という裏事情もあります。

給与所得控除では、年収５００万円の会社員で年間１５４万円、月13万円弱が経費として認められています。こう聞くと、決して少ない額ではないはずです。ひと月の本代や交際費などを足しても13万円にはなかなか届かないでしょう。

そう、むしろ多めの経費を認めているのが、現在の給与所得控除なのです（注３、４）。

こうなったのには政治的な背景があります。

（注３）　なお、２５８ページの速算表に書いてあるとおり、給与所得控除は最低でも65万円が認められている。よって、会社員やパート・アルバイトの誰もが、給与所得控除65万円に基礎控除38万円を足した１０３万円を経費・控除にできる。つまり、収入が１０３万円までなら所得がゼロになる。

「専業主婦は１０３万円までなら所得税がかからない」という話はここからきている（89ページ参照）。

（注４）　ただ、会社員の経費が収入の増加に応じて増加し続けるとは考えにくいので、現在、上限額を設けることが検討されている。

30年以上前までは、給与所得控除はもっと少なく、会社員の間では「自営業者はたくさんの経費が認められているのに、会社員はほとんど経費が認められない」と税金に対する不満が起きていました。その不満を解決しようと、大幅に給与所得控除を拡大させたのが、時の首相・田中角栄です。

多めの控除をありがたいと思った方は、田中角栄さんに感謝しましょう。

ただ、現実には**事業所得の実額経費ほうが、自分の判断でバンバン経費にできるので**（税務調査のときに怒られるリスクを覚悟の上でですが）、**給与所得の概算経費よりたくさん経費が出せる**場合もあります。

事業所得は「リスクある自由な経費」、給与所得は「リスクのない不自由な経費」。

それが事業所得の経費と給与所得の経費の関係です。

最後に、オマケの話をします。

会社員は確定申告しても経費が落とせないと話しましたが、「でも、落とせる経費もあるとどこかで聞きましたよ」という方がいるかもしれません。

それは「特定支出控除」のことではないでしょうか。

たしかに、次の5つについては、経費とすることが認められています。

「特定支出控除」

1. 通勤費
2. 転勤に伴う引越し費用
3. 研修費
4. 資格取得費
5. 単身赴任のときの往復旅費

ただ、この5つを経費として落とすことができるのは、これらの支出額の合計が給与所得控除額を超えた場合に限られます。そのため、実際に申請する人は毎年ごくわずかです。

つまり、実際にはほとんど使えない制度なのです。

そのため、現在は特定支出控除の対象範囲の拡大が検討されています。これにより今後は、会社員による確定申告の機会が増える方向になる見込みです。

なるほど！ 税金講座 10

まとめ

会社員も確定申告すれば経費が落とせるか

→　できない。すでに経費が落ちているから

自営業者

収入－必要経費（実額経費）＝事業所得

会社員

収入－給与所得控除（概算経費）＝給与所得

なぜ給与所得控除は概算なのか？

→　会社員の経費の範囲が不明確だから

給与所得控除の金額

→　気持ち多め

給与所得控除の最低額 65 万円＋基礎控除 38 万円
＝103 万円（→所得がゼロになる収入の目安）

特定支出控除（通勤費など）
……給与所得控除額を超えた場合に限るので、
まず使えない。今後、対象範囲拡大の可能性アリ。

なるほど！税金講座 11

〝節税のための法人成り〟のポイント

前の講座で事業所得の経費と給与所得の経費は違うという話をしましたが、そのポイントは**実額経費**と**概算経費**でした。

その異なるふたつを組み合わせることで税金を安くする方法が、小説で出てきた〝節税のための法人成り〟です。ちなみに法人税も事業所得と同じく実額経費です。

「法人成り」とは、個人事業を法人にすることです。その目的が将来の飛躍のためなどではなく、単に節税目的の場合を〝節税のための法人成り〟と呼びます。

ポイントは小説でも出てきた〝2回経費〟。1回目は会社で実額経費、2回目は個人で概算経費が発生します（下の図をご覧ください）。

この際、個人（事業所得）で事業を行っている場合より経費が増えることになります。

仮に収入を100、経費を40、として計算してみましょう。

個人事業の場合は下の図のようになります（A）。

所得として残るのは60になります。この個人の所得60に、所得税がかかります。

それでは、法人成りということで会社を作ってみましょう。収入100、経費40はそのままです。ここでは、会社の収入と実額経費との差額60は、全額個人への給与として使われると仮定します。

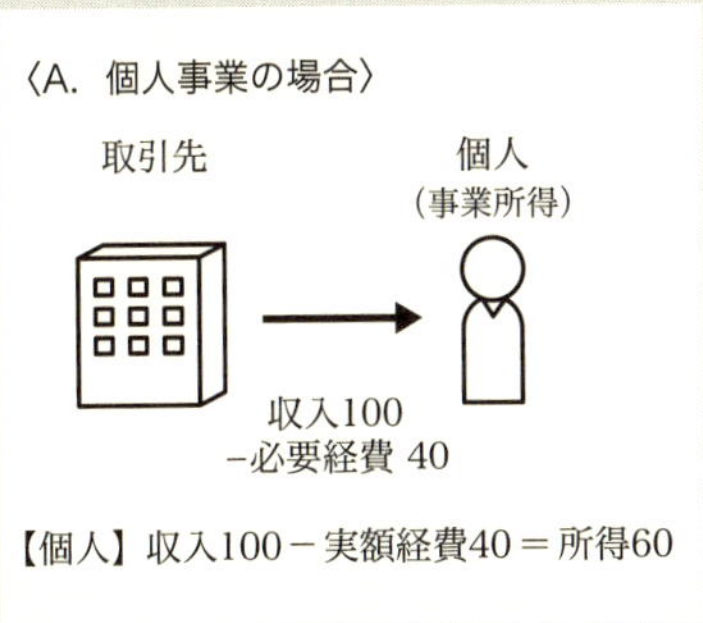

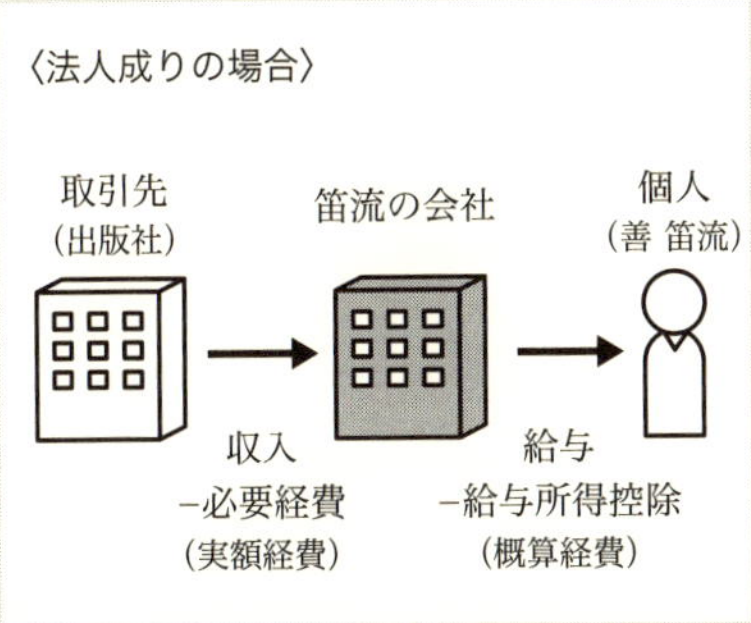

Bの場合、最終的な所得が40となりました。Aの所得60に比べ、Bの所得40のほうが当然税率も低く、所得税額は安くなります。

会社を作り給与のやり取りを行うことで、**個人の経費が実際にはゼロでも自動的に概算経費が発生することから、こうして節税になる**のです。

どう考えても個人で仕事をしているのに、名刺を見ると「代表取締役」となっている人を見たことがありませんか？

1人会社1人社長のその人は、きっと法人成りをしているのでしょう。

そういうテクニックが使えない会社員から見ると、なにやら脱税チックに思えるかもしれませんが、法的にも問題のない節税方法なのです(注1)。

話が飛びますが、税理士ってなにをしている人なのかよくわから

〈B．法人成りの場合〉

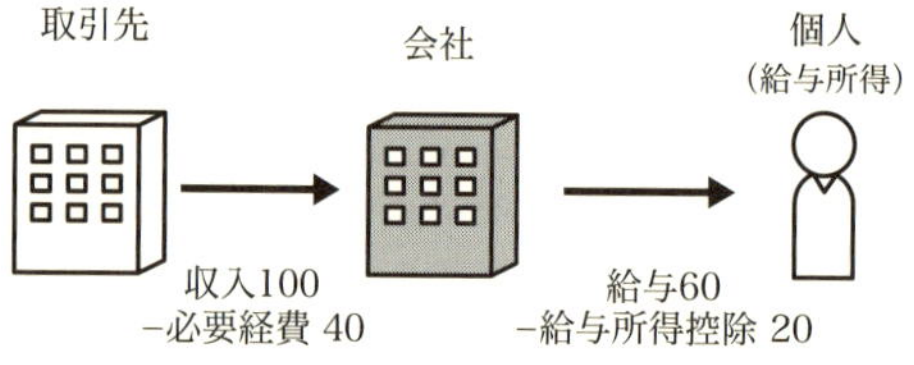

【会社】収入100－必要経費40－給与60＝所得0

【個人】給与60－給与所得控除20＝所得40

ない、ということ意見を聞くことがあります。

「税理士って税務署の手先なんでしょ？　税理士なんかに相談したら、税金をいっぱい取られちゃう！」と思っている自営業者に会ったこともあります。

それは誤解です。

税理士は一言で言えば、さきほど出てきたような〝節税〟のアドバイザーでもあるのです。

もちろん税務署への申告に間違いがないかたしかめる役割が主ですが、経営者がそれ以上に税理士に期待しているのが、「いかに税金を安くできるか」という助言なのです。

顧問料を払ってもそれを上回る節税効果があれば、大いに得をしたことになるからです。

（注1）　この節税手段を阻止するために、国は2006年より経費の額を制限する「1人オーナー会社課税制度」を導入した。これはその1人オーナーの会社から支給する1人オーナーの役員給与のうち、2回目の概算経費に相当する金額を会社の経費にしないという規制である。しかし、法論理的にムリのある制度で評判も悪かった。そんな中、民主党政権に代わったため、この制度は2010年に廃止の予定である。もっとも、この〝2回経費〟の問題は残ったままなので、今後抜本的な見直しが予定されている。

なるほど！ 税金講座11

まとめ

法人成りとは……個人事業→法人に変えること。
税務上は、所得税の事業所得など→法人税に変わる。

“節税による法人成り” のキモ

1. 会社を作る。

2. これまで個人事業で発生していた経費は、
会社の必要経費（実額）になる。

3. その会社で働くことで給与所得が発生する。

4. 実際に経費があろうとなかろうと、
給与所得控除（概算）が使える。

5. 必要経費・給与所得控除と２回の経費が発生
するので税額が安くなる。

第7話

「ポケットに無税を」

1.

「えーっっ！　まさか、アンタが三人目⁉」

指をさされて、榎戸はあわてて手を横に振った。

「ち、違う違う。俺が王子学院の生徒だって知ってんだろ」

「あっ、そっか。ライバル校なんだっけ。じゃあ、今度はなにをたくらんでるのさ！」

キロリがしっしっと手を振ると、榎戸は少し傷ついたような顔をした。

「……なんだよ。俺はなあ、今日はお前らのために」

「あら、榎戸。芙藍の生徒となにを話し込んでいるの？」

第三者の声に驚いたキロリと毬衣がそちらを見ると、長い黒髪の女の子が立っていた。

「あっ、美紅《びく》さん。……いえ、俺はなにも」

「なにもないのに、なにを話していたというの？」

「……ええと」

「要するに、榎戸は無から有を生じさせたと。あら、なかなか哲学的じゃない。なにも無い語らい、というものを私にも見せていただけない？　さあ」

「そ、そんなことよりも早く行きましょう、美紅さん！」

「ちょっとアンタたち、どこに行くつもりよ」

キロリは校門の内側に入ろうとした榎戸の腕をつかんだ。

榎戸の頬にさっと赤みが差し、毬衣が「キロリちゃん、またあ……」と呆れる。

「どこって、お前らの顧問のところだよ」

「えっ、萌実ちゃん？」

「えっ、お前ら顧問を〝ちゃん〟づけなのか？」

ふたりの会話に、美紅さんと呼ばれる女子が割り込んだ。

「あなた、簿記部の生徒なのね。ちょうどいい、案内を頼むわ」

「はあ？　なに言っちゃってんの、随分失礼じゃない。それが人にものを頼む態度なわけ？」

「あら、質問を質問で返すのは失礼ではないのかしら？　失礼だと非難する者が先に失礼を働くとは、『自分のことを棚にあげる』の見本のような人ですね。もっとも、何事も手本になるというのは、立派な志。ええ、ここはこのわたくしが褒めて差し上げます」

頭をなでられて、キロリは思考が停止した。美紅はおかまいなしに続ける。

「さあ、わたくしを案内する栄誉をあなたに授けます。そうそう、ついでに榎戸も連れて行ってあげましょう」

「用があるのは俺です！　美紅さんは興味本位でついて来ただけじゃないですか」

「興味本位？　逆に問います。人間が興味を持たずに生きていくことは果たして可能なのでしょうか？」

「あああああ、わかりました！　美紅さんは興味本位で結構です。だから、おとなしくついて来てください！」

「榎戸はわたくしの前を歩くのが好きなのですね。自由になさい。ふふふ、わたくしの興味本位の対象はいるかしら……？」

言うだけ言うと、二人はさっさと学校の中へ入っていた。

「ちょっとお、あたしが案内するんじゃなかったのー!?」

2.

榎戸と美紅が萌実と話す間、部室の前でキロリと毬衣は待っていた。

「他校の生徒がさあ、一体萌実ちゃんになんの用なわけー？」

「三人目のメンバーのことって言ってたけどぉ、またなにか企んでいるのかもよぉお。それよりも榎戸くん、シュッとした眉だったねぇ。もしかして笛流から聞いたのかなあ。キロリちゃんはゲジゲジ眉毛が嫌いだってぇ」

「ええーっ、単にお年頃だからじゃないのー？　それよりさ、あの美紅さんって人、お人形みたいに綺麗だったねー。……ちょっと残念な中身だけど」

「そうだねぇ。ああいうマンガのような美貌の持ち主が、たまぁにいるんだよねぇ」

そこにアンリがやって来た。

「おい、お前らそんなところに突っ立ってなにをしているんだ？」

二人は事情を説明した。

「王子学院の生徒が、三人目のことで先生に話……？」

「うん。榎戸黒太と、美紅って女の子」

キロリがそう言うと、アンリは目を見開いた。

「美紅？　王子学院の美紅って……まさか、美紅鳥亜《とりあ》？」

「アンリくん、知ってるのぉ？」

「ちょっとな。……それにしても、そうか……うちの学校にまで来たか」

「ちょっとって主将、どこであんな美女と知り合うわけ？　まさか……合コン⁉」

「なんだキロリ、ヤキモチか？」

「はあ？　なんであたしがアンタなんかに」

そのとき、ガチャっとドアが開いた。

「じゃあ、用事が済んだから俺らは帰るわ」

榎戸がキロリに向かって言った。その後ろに立つ美紅がまっすぐにアンリを見て、挑戦的に笑う。

「一年ぶりですね、白百合」

「……ああ。別に会いたくはなかったがな」

「あら、それがレディに対する礼儀でしょうか。ここの部員の礼儀は、みな風変わりなのですね」

「会いたくなかったヤツに会いたくなかったと言ってなにが悪い」

「悪いなんて、わたくしは一言も。それは、きっと被害妄想という魔物でしょう。あなたはわたくしを加害者だと妄想したいのですね？　ああ、わたくしのことを勝手に妄想するとは汚らわしい」

「………………質問を変えよう。なぜアンタがここにいる？」

「ここに来たから、ここにいるのです。白百合、あなたはわたくしと実存主義について語り合いたいのですか？」

「……悪いが遠慮する。さっさと帰ってくれ。できれば、二度と会いたくない」

「それはムリというものでしょう、白百合。あの日から、わたくしたちの運命の歯車は回り始めたのですから……」

美紅は妖しく目を伏せると、アンリに近づき、その首筋をそっとなでた。

異様な雰囲気に、キロリは圧倒される。

「ス、ストップ」

気がつくとキロリは二人の間に割って入っていた。美紅はアンリから離れて、キロリを見る。

「なにかご用？」

「あの、食べないでください」

「……面白いことを言う子ですね。では、ごきげんよう」

美紅はそれだけ言うと、美しい髪をベールのようになびかせて去っていった。

全員がボー然とその後ろ姿を見送ったが、ハタとキロリが気づく。

「ちょっと榎戸黒太、アンタ追わなくていいの？」

「あっ、本当だ。ちくしょう、もっと話ができると思ったのに……！」

榎戸はあわてて走っていった。

「なんなのよ、あの二人……」

つぶやくキロリの横で、アンリが首筋をさする。キロリは冷たい視線を送った。

「……で、主将。あの人はなに？　まさか、元カノ？」

「あほう。そんなわけあるか」

3.

三人が部室へ入ると、顧問の萌実がソファで大の字になっていた。

「あーあ、もぉー！　ねー聞いてよ。県予選初日には、三人目は来ないんだってー」

手をバタつかせながら言う萌実に、アンリが顔色を変えた。

「なんだって？　というか、どうして榎戸とその話をするんだ」

「言ってなかった？　三人目は榎戸くんのおじいさんの事務所で働いている子なのよ。うちの学校の生徒だけど、榎戸先生経由で出場をお願いしたの」

「聞いてない。というか何度聞いても教えてくれなかったじゃないか！　そいつは簿記部……というか、会計探偵クラブの部員なのか？　先生」

「そうよ」

「ねねね、萌実ちゃん、その子もう部室《ここ》には来たの？」

キロリの質問に、萌実は首を横に振った。

「それが、部活どころか学校にもあまり来てないのよ。まっ、いろんな事情でね。よって、県予選初日の選手三人目はあなたに決定ね」

萌実は立ち上がって指差した。

「ねっ、キロリちゃん！」

「えーっ、あたしーっ⁉」

4.

全国簿記コンクール競技会計の部、H県予選。会場は港商科大学、第一体育館である。

「ほへー、けっこう人数がいるんだね」

キロリはあたりを見回す。

「今年は31チームが出場していますからね。顧問を含めて各校四人ずつだとしても、百二十四人ですよ」

笛流がいつものように穏やかな微笑を浮かべながら解説する。

「控えの部員や応援を合わせると、もっと多いってことだよね……でもさ、ちょっとおかしくない？」

「なにがですか？」

「どーして、うちはあたしと笛流くんとコイツの三人しかいないわけ⁉」

後ろを歩いているアンリを指さす。

「なぜ、俺を睨む？」

「なんで、萌実ちゃんや毬衣ちゃんに『来なくていい』って言ったのさー！」

「先生は善事務所の引継ぎがあるし、羽藤はマンガの締め切りがあるんだろ。それに、ベスト8以降の試合は明日だ。今日はお遊戯のようなもの、見に来てもらったところでなにも楽しくはない」

「楽しくないかもしれないけど、心強いじゃん！　アンタだって競技会計では初めての公式戦なんでしょー」

「だから？」

「緊張するでしょ!?　応援欲しいじゃん！」

「は？　この俺様が緊張？　なぜ？　なんのために？」

「しないわけ？」

「しない」

「……ああ、そうですかー」

「安心しろ。おまえを戦力だとは思っていない。今日の二試合は、俺が速攻で終わらせる」

5.

簡単な開会式のあと、芙藍学園はすぐに試合だった。

「えっ、ちょっとお、あたしルールまだ知らないんだけど！」

「大丈夫だ。お前の出る幕はないからな」

それだけ言うとアンリはさっさと行ってしまったので、歩きながら笛流が解説してくれた。

「キロリさん、まず問題が配られるんです。それで、答えがわかったチームは手元のボタンを押して解答。まあ、早押しクイズみたいなものです」

「へえー。あたし、ボタン、押したい」

「ええどうぞ。解答権は一チーム三回までで、回答内容の網羅度・明瞭度を評価する〝正確性ポイント〟と、即時開示を評価する〝適時性ポイント〟の二種類の点数がもらえます。つまり、〝どのくらい合っているか〟と〝どのくらい早いか〟が評価対象なんです。制限時間は10分なんですが、たとえば1分未満で答えたら、〝適時性ポイント〟を１００点もらえます。2分未満なら90点、3分なら80点という具合に減っていきます」

「へえー。じゃあなんでもいいから早く答えたほうがいいんだ」

「いえ、全然違ったことを言ったら、マイナスになることもありますから注意が必要です。その辺は各チーム内で相談しながら解答するわけです。ちなみに〝正確性ポイント〟も100点満点です。……以上、ご質問は？」

「うーん。あとはやりながら覚えるよ」

「おい、早く来い！」

「はいはーい」

アンリに呼ばれて駆けつけた先には、ベルトパーテーションで仕切られた試合エリアがあった。

コの字に並べられたテーブルの真ん中が審判陣、両側がそれぞれの高校。芙藍学園のテーブルには、審判に近いほうからアンリ、笛流、キロリの順でネームプレートが置かれている。主将、副将、三将という並びだ。

「ちょっと主将、相手は全員三年生だって。あたしらみんな一年じゃん……」

「ふん、それがどうした。俺たちは商業科……と体育科だ。それに比べて相手は単なる普通科。話にならん」

「はあ？」

「いいかキロリ、普通の人しかいないから普通科って言うんだよ。フツーの人に俺らが負けるか！」

「あー、はいはい、そうですねー……」

席につきながらゴチャゴチャやっていると、コホン！　と大きな咳払いが聞こえた。主審がこちらを見ている。

「それでは、一回戦第一試合。甲南山手高校対芙藍学園高校の試合を行う。両校、主将同士握手を」

アンリと住吉という女子生徒が真ん中に出て軽く握手をする。

「みんな一年生なんだってね。頑張ってね」

住吉がアンリに微笑みかける。

「お手柔らかにお願いしますよ、先輩」

アンリも笑顔で応えた。キロリには営業スマイルにしか見えなかったが。

「それでは問題用紙を両チームに配布する」

副審が問題を裏向きに配った。

「試合開始！」

主審が手元のベルをチン！　と鳴らし、副審がストップウォッチを押した。

両校とも問題用紙を見るために、三人が顔をつき合わせる。

確定申告書B

収入金額等	事業	営業等	400,000
		農業	
	不動産		
	利子		
	配当		
	給与		3,600,000
	雑	公的年金等	
		その他	
	総合譲渡	短期	
		長期	
	一時		
所得金額	事業	営業等	△700,000
		農業	
	不動産		
	利子		
	配当		
	給与		2,340,000
	雑		
	総合譲渡・一時		
	合計		1,640,500
所得から差し引かれる金額	雑損控除		
	医療費控除		
	社会保険料控除		445,320
	小規模企業共済等掛金控除		
	生命保険料控除		50,000
	地震保険料控除		
	寄附金控除		5,000
	寡婦、寡夫控除		
	勤労学生、障害者控除		
	配偶者控除		
	配偶者特別控除		
	扶養控除		760,000
	基礎控除		380,000
	合計		1,640,320

税金の計算	課税される所得金額		0
	上に対する税額		0
	配当控除		
	住宅借入金等特別控除		
	政党等寄附金特別控除		
	住宅耐震改修特別控除		
	電子証明書等特別控除		
	差引所得税額		0
	災害減免額、外国税額控除		
	源泉徴収税額		60,240
	申告納税額		△60,240
	予定納税額		
	第3期分の税額	納める税金	0
		還付される税金	60,240
その他	配偶者の合計所得金額		
	専従者給与額の合計額		
	青色申告特別控除額		
	雑所得・一時所得等の源泉徴収税額の合計額		
	未納付の源泉徴収税額		
	本年分で差し引く繰越損失額		
	平均課税対象金額		
	変動・臨時所得金額		
延納	申告期限までに納付する金額		
	延納届出額		

「確定申告書Bの第一表だな。問題は『この納税者の意図を推測のうえ論じよ』」

アンリが用紙に目を向けたまま言う。

「へえ〜、ホントにいつもやってることなんだね」

もっともキロリにはなにがなんだかわからないが。

アンリと笛流はしばらくじっと問題用紙を見ていた。その間に「1分経過」という副審の声がした。

「……アンリさん、事業所得と給与所得、ふたつの所得がある人のようですが、自営業をしながら会社員もしているということでしょうか？」

笛流はそう言うと、うかがうようにアンリを見た。

「笛流。お前、この俺様を試す気か？」

「あ、バレました？」

「当然だ、そして答えはノーだ。これは、そう答えさせるためのひっかけ問題だ」

「じゃあ、答えはやっぱりあっちですね」

「そうだ、あっちだ」

「結構簡単ですね」

「そうだな」

「ちょっとー、わかったの？　じゃあボタン押そうよ。早いほうがいいんでしょ？」

「まあ待て」

「なんでよ」

「せっかくのひっかけ問題だ。ひっかかるヤツがいないと出題者がかわいそうだろ」

「はあ？」

ナニ言ッテンダとキロリが呆れたところで、「2分経過」という副審の声が響く。

続いて、ピンポーン！　という音が聞こえた。甲南山手高校のランプが点っている。

「甲南山手高校、解答を言いなさい」

主審の指示に「はい」と答えて主将住吉が立ち上がる。

「この納税者は事業所得と給与所得のふたつの収入を得ています。そして、給与所得のほうが多いので、会社員をしながら副業を行っていると推測されます」

「――甲南山手高校、第一回解答、開始2分経過のため適時性ポイント80点。正確性ポイントは10点。合計90点」

主審の言葉に、オォーッと周りに陣取っていた見学者から歓声がわく。

「ど、どーすんの主将、相手はもう90点だよ！」

「ほう。正確性ポイントは10点か。やっぱり低いな、笛流」

「ええ、ですが相手もなかなか早いですね」

「ふん。早けりゃいいってもんじゃない」

「ちょっとおおぉぉ、早く答えてよ！」

「あせらなくても、フッーのあいつらにこの問題のパーフェクトな解答など出せん……だがまあ、そろそろ答えておくか。おいキロリ、ボタンを押せ」

喜び勇んでキロリがボタンを押すと、ピンポーンと鳴ってランプが点った。

「芙藍学園、答えなさい」

主審に言われてアンリがゆっくりと立ち上がる。

「この納税者は会社員をしながら副業を……という答えをさっき聞いたような気がする。……が、それはひっかけだ」

ニヤリと笑って言うアンリに甲南山手高校が色めきたった。見学者もざわつく。

「今回のポイントは、事業所得で赤字70万円が出ている点だ。この年だけ業績が悪かったとも考えられるが、そもそも40万円という収入金額の低さを考えると、本当に事業所得が妥当なのかどうかも怪しい。……そこでこういう推測が成り立つ。本当は雑所得程度の活動だったのではないか、と」

アンリは手にした問題用紙をパンと叩いた。

「では、なぜ収入金額が40万円と小さいのに雑所得ではなく事業所得だったのか……その答えは、ズバリ給与所得と損益通算をするためだろう。雑所得の赤字は損益通算できないが、事業所得の赤字ならば損益通算ができる。すなわち、ちょっとした副業なのにわざわざ開業届を出してまで事業所得にし、赤字を出し、給与所得の黒字と相殺することで全体として所得税をゼロにする。この脱税まがいの技を使っているのが、当納税者の真の姿」

そこまで言うと、アンリはまっすぐに審判陣を見た。

「いわゆる、〝無税の人〟だ」

アンリが着席すると、主審と副審は相談を始めた。

「ふっ……勝ったな」

アンリが言ったとき、ピンポーン！　と甲南山手高校のランプが点った。

「異議あり！」

甲南山手高校の住吉が、ガターンと椅子を蹴倒す勢いで立ち上がり、キロリは度肝を抜かれた。

「な、なんなの。異議アリって、これは裁判ゲームなの⁉」

「キロリさん、落ち着いて。相手校の解答に間違いを発見した場合、異議を唱えることができるんですよ。異議が正しければ〝指摘事項ポイント〟を最大30点もらえます。逆にお手つきをした場合は10点マイナスされるんです」

「笛流くん、じゃあうちの解答は間違いなわけ？」

「いえ、そんなことはないと思うのですが……とにかく、ルールを先に説明すると、異議は三回まで唱えられます。仮に二カ所間違いを見つけた場合でも、二回に分けて指摘すると異議申立の回数が減ってしまうので、通常は一回にまとめて唱えるんです」

「ふーん」

笛流の説明にうなずいて顔をあげると、その場にいた全員がこちらを見ていた。

「あ〜、きみきみ、ルールは把握してから参加しなさい」

主審がコホンと咳払いして、周囲からドッと笑い声が起こった。さすがのキロリも真っ赤になる。

「甲南山手高校、異議をどうぞ」

「〝無税の人〟なんて言葉、聞いたことありません。勝手な造語を解説に用いるのは不適当です！」

住吉の異議に、そうだそうだと甲南山手高校の選手が口々に言うのを見て、アンリは呆れた顔をし、それからクッと笑い出した。

「クックックック……ハーッハッハッハ！　聞いたことがない？　聞いたことがないだと!?　これだから、フツーの人は困る」

「なんですって!?　言わせておけば……そんな言葉、テキストには載っていないわ！」

甲南山手の副将、岡本が噛みつく。

「テキスト？　フッ、笑わせる。テキストだけしか読まないから実務についていけないんだ。いいか、くだらない異議を唱える暇があったら、話題になったトピックぐらい押さえておくんだな！（注1）」

「そこまで！」

チン！　と主審がベルを鳴らした。

「甲南山手高校の異議を却下する。甲南山手高校、マイナス10点！」

オオーッと周囲から歓声が上がる。

「静かに、静かに！　さきほどの芙藍学園の点数を発表する」

歓声がピタッとやんだ。

「芙藍学園高校、第一回解答、開始6分経過のため適時性ポイント40点。正確性ポイントは１００点。合計１４０点！」

正確性ポイント１００点——この点数に甲南山手高校の生徒が真っ青になる。

「正確性ポイントで満点が出たため、現時点をもって試合終了。……80対１４０で、芙藍学園の勝利！」

「やっ……たあああ！」

キロリは思わず隣にいた笛流に抱きついた。

一年生のチームが開始6分でコールド勝ちという結果に、見学者からも盛大な拍手

（注1）　２００７年、『「無税」入門』（只野範男著、飛鳥新社）の出版により、会計専門家以外の間でも話題となった。

が送られる。

「やった、勝った、勝ったよ笛流くん！」

「当然です……当然ですが、あの、キロリさん、離れてください……」

「あ、ごめん」

それじゃあと笛流の手を握ってブンブン振り回していた、そのとき。

「待った‼」

会場中にこだまするような大声で、甲南山手高校唯一の男子生徒、本山が挙手とともに立ち上がった。

「待ってください、異議を唱えます！」

試合終了後の異議に、審判陣も見物人もざわついた。

「試合は既に終了していますが……一応異議を聞きましょう」

主審が静かに言った。

「芙藍学園の……ええと、三将の白百合さんは大会規約に違反しています」

「えええっ！」

突然自分のことを言われて、キロリは大声を上げた。

「大会規則にこうあります。『大会参加者はルールを把握、遵守のうえ、礼節を持って競技に参加すること』……ルールを把握していなかった白百合さんの参加は不適正であると考えられます。よってここに芙藍学園の失格を申し立てます！」

本山の異議にキロリが口をパクパクさせていると、アンリが肩をポンと叩いた。

「落ち着け。大丈夫だ」

「で、でも……」

泣きそうになっていると、アンリが少し困ったような顔をした。

「ほら」

ポケットからなにかを取り出して、投げてよこす。

「アメ……？」

「顧問から渡されたお守りだ。お前が動揺したら、エサをやれってな」

「……」

おとなしくなめてみると、不思議と落ちついた。

主審と副審が神妙な顔つきで相談していたが、やがて主審がチン！　とベルを鳴らした。

「協議結果を伝えます。甲南山手高校の主張には一理あるものの、失格に該当するほどの規約違反とは言えません。よって異議は却下、芙藍学園の勝利を確定します。ゴーイング・コンサーン！」

わあっと周囲から声が上がった。

「ほら、な」

「主将、なんで大丈夫だってわかったわけ？」

「常識的に考えればわかるだろ。どう見ても言いがかりだ。それに、反論を十通りほど考えてあったしな」

「そ、そうなんだ」

チン！　チン！　と審判のベルが鳴る。

「ただし、白百合杏莉さんはルールをよく把握して試合に臨むように……以上、第一試合を終了します！」

人前で盛大に怒られて、さすがに反省したキロリであった。

6.

前代未聞の珍事にまだざわめいている見学者の中には、シード校、王子学院の榎戸と美紅もいた。

「ごらんなさい、榎戸。見に来てよかった、とわたくしに心から感謝しなさいな」

「た、たしかに杏莉さんが窮地を脱するところを見られてよかったですが、笛流に抱きつくところも見てしまいました」

「……榎戸。あなたはなにをしに来たというのでしょう。白百合が一回目でパーフェクト解答を出したことにこそ注目なさい。そんなことだからあなたは顔が黒いのですよ」

「大きなお世話です！　……たしかに6分コールドはすごいですが、なんで部長や美紅さんがそこまで白百合アンリに注目するのか、正直俺にはわかりません」

「ふっ……そうですね、とりあえずは……フラれた恨みとでも言っておきましょうか——」


荷物を置いてある会場の隅にアンリが向かうと、美紅が待ち構えていた。

「完勝での一回戦突破おめでとう、白百合」

極上の笑顔でそういう美紅に、アンリは少なからず驚く。

「なんだ、シード校がわざわざ一回戦に……そうか、俺様が勝つところを見に来たのか。ふん、ご苦労なことだな」

「たしかに見事な試合だったと言えるでしょう。ですが、去年わたくしが大活躍した王子学院の初戦は、開始3分でコールド勝ちでした」

それを聞いたアンリは、一拍置いてため息をついた。

「じゃあ、キロリの言うとおりさっさと答えておけばよかったな」

「ふふっ……決勝戦で待っていますよ、白百合。わたくしをフッたことを、後悔させてあげる……」

そう言うと、美紅はアンリの頬をゆっくりとなで、そのまま抱きついた。

アンリを追ってきたキロリの、目の前で。


（つづく）

「……アンリさん、事業所得と給与所得、ふたつの所得がある人のようですが、自営業をしながら会社員もしているということでしょうか？」

*

「今回のポイントは、事業所得で赤字70万円が出ている点だ。この年だけ業績が悪かったとも考えられるが、そもそも40万円という収入金額の低さを考えると、本当に事業所得が妥当なのかどうかも怪しい。……そこでこういう推測が成り立つ。本当は雑所得程度の活動だったのではないか、と」

アンリは手にした問題用紙をパンと叩いた。

「では、なぜ収入金額が40万円と小さいのに雑所得ではなく事業所得だったのか……その答えは、ズバリ給与所得と損益通算をするためだろう。雑所得の赤字は損益通算できないが、事業所得の赤字ならば損益通算ができる。すなわち、ちょっとした副業なのにわざわざ開業届を出してまで事業所得にし、赤字を出し、給与所得の黒字と相殺することで全体として所得税をゼロにする。この脱税まがいの技を使っているのが、当納税者の真の姿」

そこまで言うと、アンリはまっすぐに審判陣を見た。

「いわゆる、〝無税の人〟だ」

〈第7話　p.285、p.287、p.288より抜粋〉

なるほど！税金講座 12

「サラリーマン限定！　所得税・住民税ゼロ円になる方法！」

私のメールアドレスにはよくスパムメールが送られてくるのですが、先日も、

「サラリーマン限定！　所得税・住民税がゼロ円になる方法！」

という件名のメールが送られてきました。

またかと思い、開かずに削除しようと思ったのですが、職業柄気になるタイトルだったので、結局メールを開きました。

そこには、次のような文面がありました。

『お教えする書類に必要事項を書き込んで、お近くの税務署に提出するだけでいいのです。

「10分で完了」してしまうのです。

たったコレだけで、毎年、貴方の銀行口座には1年間に会社から天引きされた所得税がそっくりそのまま入金されるのです。

更には以降年々高くなる　市民税は一切払う必要がなくなるのです。

詳細は→http://×××』

という形でURLに誘導していました。

なかなかそそられる文章だと思います。

さて、この文章のポイントは1行目の〝お教えする書類〟とはなにかということだと思いますが、これは間違いなく「開業届」のことです。

税務署受付印　　1040

個人事業の開廃業等届出書

仙台中 税務署長

22年1月6日提出

納税地	住所地・居所地・事業所等（該当するものを○で囲んでください。）仙台市青葉区川内1番地 （TEL　-　-　）
上記以外の住所地・事業所等	納税地以外に住所地・事業所等がある場合は書いてください。（TEL　-　-　）
フリガナ 氏名	ダテマサムネ 伊達政宗 印
生年月日	大正・昭和・平成 50年9月5日生
職業	貿易商
フリガナ 屋号	ドクガンリュウ 独眼竜

個人事業の開廃業等について次のとおり届けます。

届出の区分（該当する文字を○で囲んでください。）	開業（事業の引継ぎを受けた場合は、受けた先の住所・氏名を書いてください。）住所＿＿ 氏名＿＿ 事務所・事業所の（新設・増設・移転・廃止） 廃業（事由） （事業の引継ぎ（譲渡）による場合は、引き継いだ（譲渡した）先の住所・氏名を書いてください。）住所＿＿ 氏名＿＿
開廃業日	開廃業や事務所・事業所の新増設等のあった日　平成22年1月1日
事業所等を新増設、移転、廃止した場合	新増設、移転後の所在地　（電話） 移転・廃止前の所在地
廃業の事由が法人の設立に伴うものである場合	設立法人名　代表者名 法人納税地　設立登記　平成　年　月　日
開廃業に伴う届出書の提出の有無	「青色申告承認申請書」又は「青色申告の取りやめ届出書」　有・無 消費税に関する「課税事業者選択届出書」又は「事業廃止届出書」　有・無
事業の概要（できるだけ具体的に書いてください。）	メキシコ、スペイン、ローマからの輸入品販売

給与等の支払の状況 区分	従事員数	給与の定め方	税額の有無
専従者	人		有・無
使用人			有・無
			有・無
計			

源泉所得税の納期の特例の承認に関する申請書の提出の有無　有・無

その他参考事項

関与税理士　（TEL　-　-　）

税務署整理欄	整理番号	関係部門連絡	A	B	C	D	E

通信日付印の年月日	確認印
年　月　日	

国税庁ホームページ→申請・届出様式→所得税・源泉所得税→申告所得税関係→5 個人事業の開業届出・廃業届出等手続

http://www.nta.go.jp/tetsuzuki/shinsei/annai/shinkoku/annai/04.htm

開業届さえ出せば自営業者となり、事業所得を使うことができるようになります。

開業届は書く欄も少なく、誰でも書けます。また用紙の入手や作成にお金がかかるわけでもありません。用紙や書き方の手引は税務署に置いてありますし、国税庁のホームページからでも入手できます。

開業届を税務署に提出したら、あとは自営業を開始して、毎年確定申告をします。

そして、所得税・住民税をゼロ円にするためには次のことが肝心です。

自営業の収入、つまり事業所得は赤字にするのです。自営業ですからいくらかは稼げる仕事をしなければならないのですが、自宅の家賃や水道光熱費（注1）を経費としてバンバン計上することで、赤

（注1）　自宅の家賃や水道光熱費も全額経費にできるわけではな

字になります。

そうすると、**給与所得の黒字分**を**事業所得の赤字分**で**相殺**できるので、あなたは所得（利益）がなかったことになります。

所得がなかったら税金を払う必要はありません。

だから、スパムメールにあったような〝所得税が返ってくる〟〝市民税を払う必要がなくなる〟状態になれるのです。

この〝無税の人〟と呼ばれるテクニックは、小説の中でアンリが言っているとおり、「脱税まがいの技」で、あまりお勧めできるものではありません。

そもそも、この無税生活には大きな欠点が3つあります。

ひとつ目は、「なにか事業を始めなければならない」という点。

さすがになにも事業を行わない場合、税務調査が入れば事業性・

い。事業で使っている部分だけである。

正しくは仕事部屋の面積割、消費電力からの推計などで事業割合を計算すべきだが、「家賃は30%、電気代は50%かな」とだいたいで事業割合を決めてしまう場合も多い。

経費性なしということで、すぐに負け決定です。ネット通販やフリーマーケットでの販売など、なにか稼げる仕事を始めなければなりません。

ふたつ目は、「収入が増えると無税にならない」という点です。

事業所得なら自分の判断である程度収入を抑えることが可能でしょうが、会社からもらう給与所得の場合、そうはいきません。

給与所得が低ければ、狙いどおり、事業所得の経費分で給与所得の黒字分を帳消しにすることができます。しかし、**給与所得が高くなると黒字分も大きくなり、事業所得の経費分では追いつかなくなります。**

無税になるためにあえて経費を増やすという手もありますが、これだとキャッシュが出ていく一方なので、無税だけどお金も手元に残らない、ということになりかねません。

最後の欠点は「やはり税務調査が入ると負け」という点です。

税務調査では、確定申告した人全員を毎回詳細に調べているわけではないのですが、何年かに一度は調査をします。

無税生活を満喫していたあなたのところにこの税務調査が入った場合、事業所得がまったく認められなくなることはないでしょうが、事業所得の経費として計上されていた、**家賃**や**水道光熱費、交際費などのかなりの部分は経費として認められなくなる**でしょう。

そうして以前のようには無税にできなくなります。

さらに、税務調査の結果、あなたの申告は間違いであったと判定されたら、足りなかった税金を納めなければなりません。

去年の分だけではありません。最大、**過去7年分の納税**が必要となるので、1年間に50万円だったとしても7年間で350万円。**重加算税**（脱税額に35％加算）や**延滞税**（原則、年14・6％）がつくとそれ以上、ということになります。

それならおとなしく所得税を払っていたほうがよっぽどマシだっ

た、ということになってしまいます。

〝無税の人〟になるためには、なにか事業を始めて、会社では出世せず、税務調査が入らないように祈る、という涙ぐましい努力と運を必要とします。

普通に考えれば、「そこまでして〝無税の人〟になりたいですか？」という話になると思います。

なるほど！ 税金講座 12

まとめ

“無税の人”……所得税・住民税が０円になる人。

“無税の人”のポイント

- 事業所得と給与所得は損益通算できる（雑所得では×）。
- 給与所得をマイナスにすることはできないが、事業所得をマイナスにすることは経費をたくさん出すことで可能。
- 給与所得のプラスと事業所得のマイナスを相殺することで、所得をゼロにする。

事業所得を使うには

→　開業届を税務署に提出（しない場合は、雑所得に）

“無税の人”の欠点

- 事業を始めなければならない。
- 給与収入が増えると無税にするのが難しくなる。
- 税務調査が入ると多額の追徴課税を受ける可能性が高い。

おわりに

『会計探偵クラブ　大人も知らない税金事件簿』は、通常の税金本のスタイルとは大きく異なっております。ずばり、セオリーどおりには体系だっておりません。

解説パートではどのような順番で税金をお教えしたかというと、「①絶対公式」「②税率の意味」「③控除」「④確定申告」「⑤会社員の確定申告」「⑥脱税」「⑦所得分類」「⑧課税公平原則」「⑨超過累進課税」「⑩会社員の経費」「⑪節税のための法人成り」「⑫無税の人」というものでした。

通常は、理念だけか、仕組みだけか、実務だけの話になりがちなのですが、本書ではそれらをバランスよく紹介することにこだわりました。それは、理念も仕組みも実務もどれも大事だからです。

（理念）②税率の意味、④確定申告、⑧課税公平原則、⑩会社員の経費
（仕組み）①絶対公式、⑦所得分類、⑨超過累進課税、⑪節税のための法人成り
（実務）③控除、⑤会社員の確定申告、⑥脱税、⑫無税の人

これらをバランスよく知ることで税金の基礎は押さえることができます。これはなによ

り大切なことです。また、下手にセオリーどおりに体系だててしまうと、どうしても網羅すべき情報が多くなり、最低限必要な情報だけを抜き出すことが難しくなるので、少々乱暴ですが、興味を持続させながら読めるこのスタイルを取りました。

「税金の基礎を知ったからといって、税金のことを自分で判断することはできないんじゃないか」とお思いの方もいるでしょう。まさに、そのとおりです。

しかし、改めて言います。**税金の基礎を知ることはなにより大切です。**

なぜなら、税金で困ったことがあったら、まずすべきことは税務署や税理士に相談すること――その際に基礎知識がなければ、意思疎通のとれた会話すらできないからです。

最近は税務署もかなり親切丁寧に教えてくれますが、聞き手のほうに一定の知識がなければ、さっぱりわからないどころか、下手をすれば誤解が生じてしまいます。これでは「税金のシステム」にのみ込まれる一方です。

相談するために最低限必要となる言語、いざというときに役立つ情報――それが、本書のいう「税金の基礎知識」です。

納税が国民の義務である以上、税金の基礎知識を得ておくことも国民の義務であると私は思っております。

さて今回は、ほぼ同時期に姉妹本『フラン学園　会計探偵クラブ』（角川書店）という文庫版も出版しております。

文庫版には解説がなく、小説のみで構成されています。本書の小説パートは、税金ネタを楽しく読めることを重視し、人物描写や心理描写をかなり削除しているのですが、文庫版ではフルバージョンになっております。小説にも興味を持たれた方は、こちらもぜひ併せてご覧ください（角川文庫版第1巻は第6話まで収録しています）。

本書については、一定の人気をいただけたならば、続きをぜひ出したいと思っております。5巻ぐらいまで続くと、税金の全体像をお伝えできるのですが……はてさて、どうなるでしょうか。

それでは、またどこかでお会いいたしましょう。

山田　真哉

二〇一〇年一月

スペシャルサンクス　伊藤文彦・沼口哲也・岡部智絵・佐藤香菜（敬称略）

参考図書

『租税法』金子宏著（弘文堂）
『日本の税金』三木義一著（岩波書店）
『税務ハンドブック』宮口定雄編著（コントロール社）
「暮らしの税情報」（国税庁）

索引

本書は、税金の仕組みを初心者向けにわかりやすく解説することを目的とした本です。そのため、申告実務にご利用いただくことはできません。また本書の利用から生じるいかなる損害についても責任を負いません。確定申告等については、税理士にお問い合わせいただくか、最寄りの税務署に直接ご相談ください。

なお、本作品はフィクションであり、実在の人物・法人・団体などとは一切関係ありません。

著者紹介

公認会計士，作家．1976年，神戸市生まれ．大阪大学文学部卒．一般企業に就職後，会計士試験に合格し，中央青山監査法人／プライスウォーターハウスクーパースを経て独立．本業の傍ら，企業のCFOや政府の委員，経済ドラマの監修などを務めている．
出版においては，会計入門書『さおだけ屋はなぜ潰れないのか？』（光文社）を執筆し，160万部を突破，流行語大賞の候補にもなる．また，作家としてミステリ小説『女子大生会計士の事件簿』（英治出版／角川文庫）を執筆し，シリーズ100万部を突破，テレビドラマ化も果たす．難しいビジネス知識と読みやすい小説とを融合させた「ビジネスライトノベル」分野の第一人者である．

ブログ「『さおだけ屋はなぜ潰れないのか？』100万部？日記」は毎日更新中．

会計探偵クラブ

2010年2月11日 発行

著　者　山《や》田《ま》真《だ》哉《しんや》
発行者　柴生田晴四
〒103-8345
発行所　東京都中央区日本橋本石町1-2-1　東洋経済新報社
電話　東洋経済コールセンター03(5605)7021　振替00130-5-6518
印刷・製本　東洋経済印刷

Printed in Japan　ISBN 978-4-492-04362-2　http://www.toyokeizai.net/